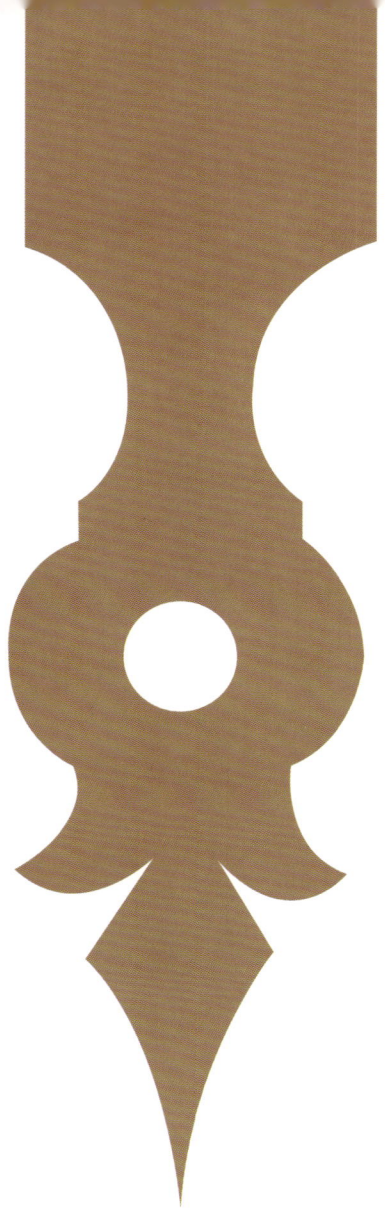

Para meu pai e minha mãe, que sempre fizeram da casa deles o nosso ninho.

To my father and my mother, who have always made their home, our nest.

WASHINGTON TAKEUCHI

SAUDADE DO NINHO

A CIDADE DE MADEIRA QUE EXISTE DENTRO DE CURITIBA

® 2018. Editora Inverso

R. Clóvis Bevilaqua, 352 Cabral
CEP 80035-080 Curitiba-PR
(41) 3254-1616 e (41) 3538-8001
editorainverso@editorainverso.com.br
www.editorainverso.com.br
Facebook.com/editorainverso
Instagram @editorainverso

COORDENAÇÃO EDITORIAL
Cristina Jones
Editora InVerso

REVISÃO
Carlos L. W. Jorge

TRADUÇÃO
Pedro Yuri Nascimento Andrade

TRATAMENTO DE IMAGENS
Adriane Baldini

PROJETO GRÁFICO
Simon Taylor e Kelly Sumek
(CRLS Comunicação)

ADAPTAÇÃO DE PROJETO GRÁFICO E DIAGRAMAÇÃO
Adriane Baldini

ARTE-FINAL
Adriane Baldini

DADOS INTERNACIONAIS DE CATALOGAÇÃO NA PUBLICAÇÃO (CIP)
Mona Youssef Hammoud — CRB/ 9ª -1393

T136s

    TAKEUCHI, Washington. Saudade do ninho
       1º. ed. Curitiba: Ed. InVerso, 2018
       160p. 21x25cm

    ISBN: 978-85-5540-113-8

    1. Literatura brasileira. 2.Fotografia 3. Casas de madeira.
    4. Casas históricas. 5.Ilustrações I.Título

                                                                     CDD. 372.31

Ao adquirir um livro, você está remunerando o trabalho de escritores, diagramadores, ilustradores, revisores, livreiros e mais uma série de profissionais responsáveis por transformar ideias em realidade e trazê-las até você. Todos os direitos reservados. É proibida a reprodução total ou parcial de qualquer forma ou por qualquer meio. A violação de direitos do ator (Lei 9.610/98) é crime estabelecido pelo artigo 184 do Código Penal.

PRESENTATION

The city is neither only one nor was built in a single moment. Its various layers have been built, destroyed and rebuilt continuously, transforming the urban fabric and the everyday life of its residents.

At the beginning, Curitiba was a simple wattle and daub village, founded by independent gold miners (called faiscadores de ouro, or "gold sparklers") that overcame the great wall of the Serra do Mar; from this occupation, there remained only the urban layout. As the years passed, it grew and became a city of stone and lime that bequeathed, to modern times, a few buildings. With the coming of immigrants from the second half of the nineteenth century, there emerged a first impulse of industrialization. Steam engines materialized another urbanity, built with wood and bricks, which, with the passing of time, was also overlapped by other contemporary buildings.

Curitiba grew and became the great metropolis of the present time, however, in between its many layers there are still some constructions that resist to what we know as progress, bearing witness to a city that has existed in the past, but which is still present in the affective memory of many of its residents.

Of these many building, fated to disappear, the wooden house is the most singular and possibly the most 'curitibano' of all. Living in an Araucaria Pine house was very common a few decades ago, in urban daily life. There were streets and neighborhoods where wood was the main building material, wherein elegant buildings were constructed with the skill and technique of the old masters carpenters.

Photographing what remains of these houses is, perhaps, the best way to preserve the memory of the wooden city that once was an important testimony of the urbanity of Curitiba.

Have a good reading!
Fábio Domingos Batista

APRESENTAÇÃO

A cidade não é uma só, e tampouco foi construída num só momento. Suas várias camadas foram edificadas, destruídas e reedificadas continuamente, transformando a malha urbana e o cotidiano de seus moradores.

No início, Curitiba foi um singelo povoado de pau-a-pique fundado por faiscadores de ouro que venceram a grande muralha da Serra do Mar; dessa ocupação, restou apenas o traçado urbano. Com o passar dos anos, cresceu e se transformou numa cidade de pedra e cal, legando aos tempos atuais alguns poucos edifícios. Com a vinda de imigrantes a partir da segunda metade do século XIX, surgia um primeiro impulso de industrialização. Máquinas a vapor materializaram uma outra urbanidade, construída com madeira e tijolos, que com o passar do tempo também foi sobreposta por outros edifícios contemporâneos.

Curitiba cresceu e se tornou a grande metrópole dos tempos atuais, porém, de suas diversas camadas ainda restam algumas construções que resistem ao que conhecemos como progresso e testemunham uma cidade que existiu no passado, mas que ainda se encontra presente na memória afetiva de muitos dos seus moradores.

Desses tantos edifícios destinados ao desaparecimento, a casa de madeira é o mais singular e possivelmente o mais curitibano de todos. Morar em uma casa de araucária era um cotidiano urbano muito presente algumas décadas atrás. Havia ruas e bairros onde a madeira era o principal material construtivo e se erguiam elegantes edifícios construídos com a perícia e a técnica dos antigos mestres carpinteiros.

Fotografar o que restou dessas casas talvez seja a melhor maneira de manter presente na memória a cidade de madeira que um dia foi um importante testemunho da urbanidade curitibana.

Boa leitura!
Fábio Domingos Batista

Ilustração de Fernando Luiz Popp

SUMÁRIO

SAUDADE DO NINHO | WASHINGTON TAKEUCHI 11

TODA CAPITAL TEM SEU INTERIOR | LÍVIA LAKOMY 23

FOTOGRAFIA, CASAS E SONHOS | LU BERLESE 39

DE MADEIRAMES E CONCRETUDES | ANDRESSA BARICHELLO 63

NOSSAS CASAS DE MADEIRA | KEY IMAGUIRE JUNIOR   81

LAMBREQUINS | RADAMÉS MANOSSO 101

AS VIDAS DE UMA CASA | INGO DITTMAR 113

MARCAS INVISÍVEIS | LORETTA SCHÜNEMANN 129

SEUS OLHOS ERAM VERDES QUAL O DOCE DE CIDRA | LETICIA TEIXEIRA 143

AGRADECIMENTOS 157

SAUDADE DO NINHO

Longing for the nest

por Washington Takeuchi

I was born in the north of Paraná. While I was there—until I was 12-years-old—I always lived in a wooden house in the back of my father's pharmacy. The house was small: a kitchen/scullery, pantry, living room, three bedrooms and one bathroom.

I still remember my mother preparing her delicacies in the kitchen and my father, in his few spare moments, sitting at the kitchen table with his radio, listening to football ("Fiori Gigliotti is always right ..." would go the advertising during my father's favorite sportscaster show).

The house was not painted, and thus, all of the designs of their boards were visible. In the very few breaks in between my high-jinks and adventures by the backyard and in the street, I stopped to observe those traces in the wood. I'd see eyes, people, animals, and other things that the imagination of a child was able to see.

In the city, my grandmother also lived in a wooden house, and she also owned a hotel made entirely of wood. I remember that, in that long corridor leading to the rooms with very smooth waxed boards, we, the children, ran only in socks, so we would deliciously slide.

My relationship with wooden houses has always been a relationship of affection, of very dear memories I hold. We moved to Curitiba when my father retired, and from the little houses—whose wood had this warm and a bit rough touch—I began to live with the cold and smooth touch of brickwork. Only a long time later, when I started my Curitiba-themed blog, I found out a wooden city—a cordial, welcoming, unhurried city—hidden inside the concrete and brickwork metropolis—a cold, impersonal, hurried metropolis.

I know how important this book is to preserve the memory of Curitiba's wooden architecture, which marked an important economic cycle of our capital, and that was essential to give housing to all the immigrants who chose Curitiba to put their roots down and build up the great city we live in. But this book, especially, has a poetic and affective touch that will be perceived in the details, as in a window open to a garden, in a welcoming rose, in a lace that adorns the windows, in a piano with stories of a life lying over it, and in a chair waiting for a tired body.

Nostalgia is the word that gives the tone of these pages that you are about to leaf through. "Nostalgia", in a free interpretation of its roots, means Longing for the Nest. I hope that the images and the words contained herein may warm your heart. Welcome: Make yourself at home.

Nasci no norte do Paraná. Enquanto lá vivi, até os 12 anos de idade, sempre morei numa casa de madeira nos fundos da farmácia do meu pai. A casa era pequena, com cozinha/copa, despensa, sala, três quartos e um banheiro.

Ainda me lembro da minha mãe preparando suas delícias na cozinha e do meu pai, nos poucos momentos de folga, sentado à mesa da cozinha com seu rádio, ouvindo futebol ("Fiori Gigliotti sempre tem razão...", dizia a propaganda do programa do locutor esportivo favorito do meu pai).

A casinha não era pintada, e assim, todos os desenhos das suas tábuas eram visíveis. Nas poucas pausas das minhas peraltices pelo terreiro e pela rua, eu parava para observar aqueles traços na madeira. Eu via olhos, pessoas, animais e outras coisas que a imaginação de uma criança era capaz de enxergar.

Na cidade, minha avó também vivia numa casa de madeira, e possuía um hotel também inteiramente construído em madeira. Lembro que, naquele imenso corredor que levava aos quartos com tábuas muito lisas de cera, nós, as crianças, corríamos apenas de meias, para escorregar deliciosamente.

Minha relação com casas de madeira é desde sempre uma relação de afeto, de lembranças que me são muito caras. Mudamos para Curitiba quando meu pai se aposentou, e, das pequenas casinhas cujo toque na madeira era quente e um pouco áspero, passei a conviver com o toque gelado e liso da alvenaria.

Somente muito tempo depois, quando iniciei o meu blog dedicado a Curitiba, descobri uma cidade de madeira — cordial, acolhedora, sem pressa — escondida dentro da metrópole de concreto e alvenaria — fria, impessoal, apressada.

Sei da importância deste livro para a preservação da memória da arquitetura de madeira de Curitiba, que marcou um importante ciclo econômico da nossa capital, e que foi essencial para dar moradia a todos os imigrantes que escolheram Curitiba para fincar suas raízes e construir a grande cidade em que vivemos. Mas este livro tem especialmente um toque poético e afetivo, que será percebido nos detalhes, como numa janela aberta para um jardim, numa rosa que dá boas-vindas, numa renda que enfeita as janelas, num piano onde repousam histórias de uma vida e numa cadeira aguardando um corpo cansado.

Nostalgia é a palavra que dá o tom destas páginas que você está prestes a folhear. "Nostalgia", numa leitura livre da sua raiz, significa Saudade do Ninho. Espero que as imagens e as palavras aqui contidas aqueçam o seu coração. Seja bem-vindo: a casa é sua.

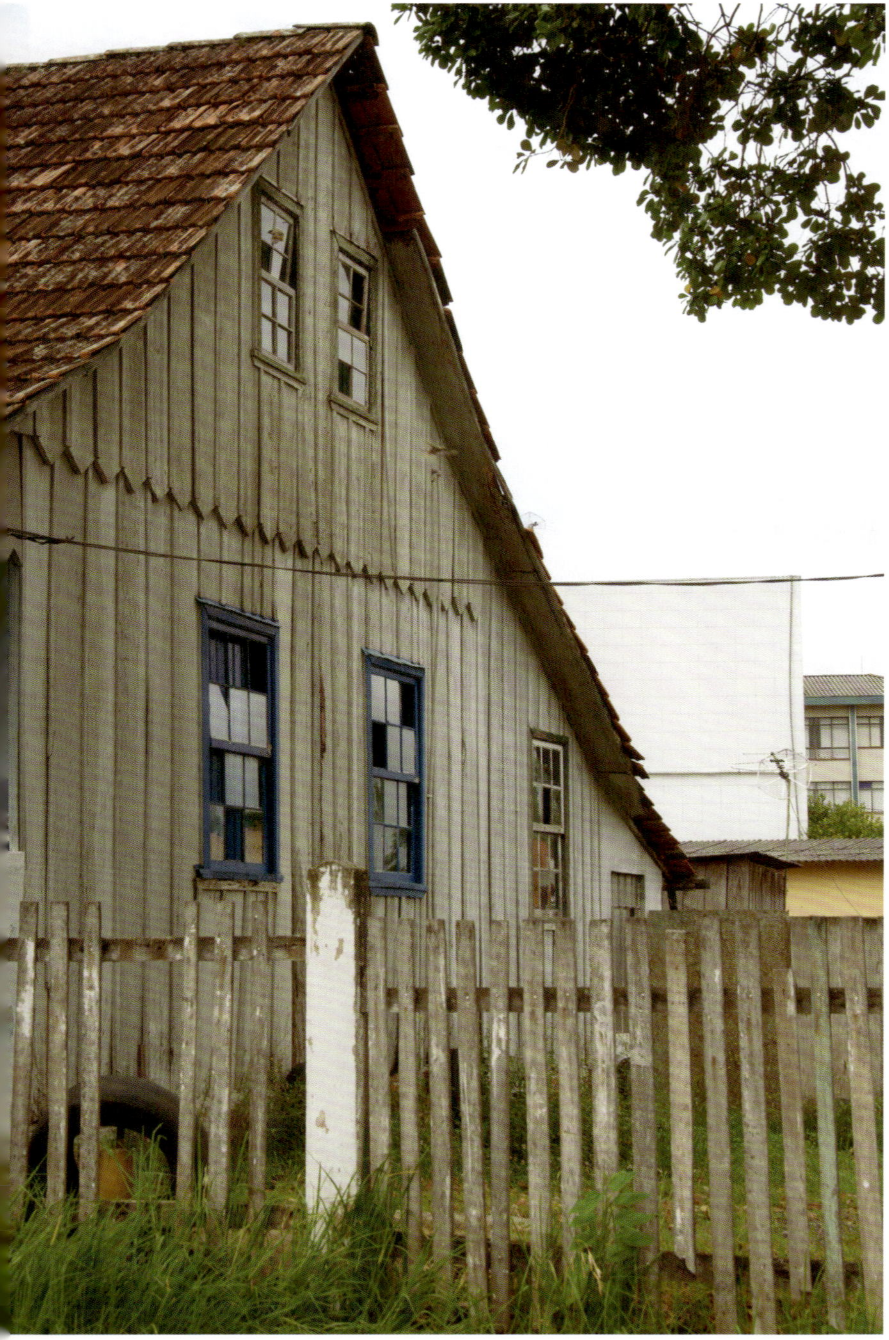

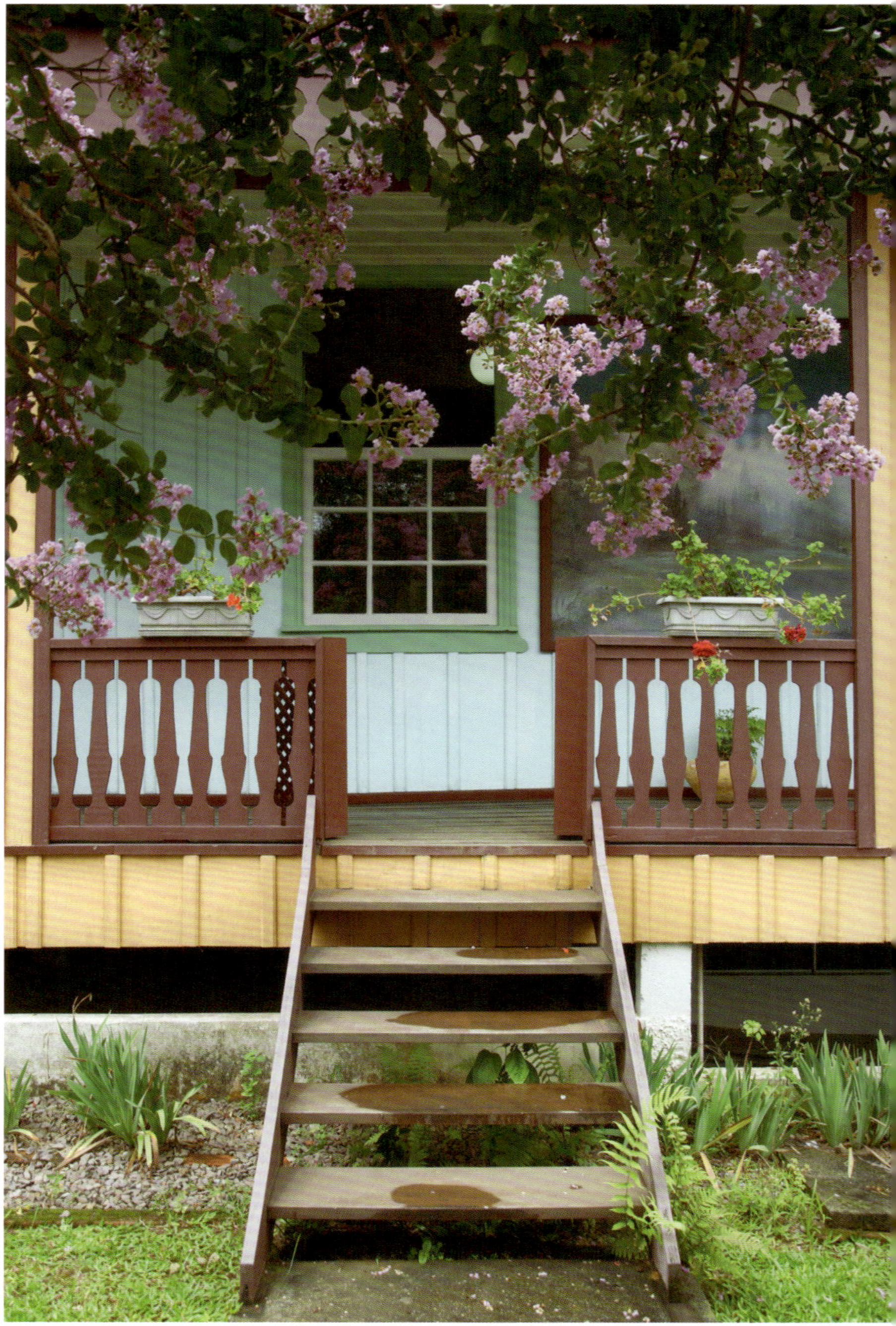

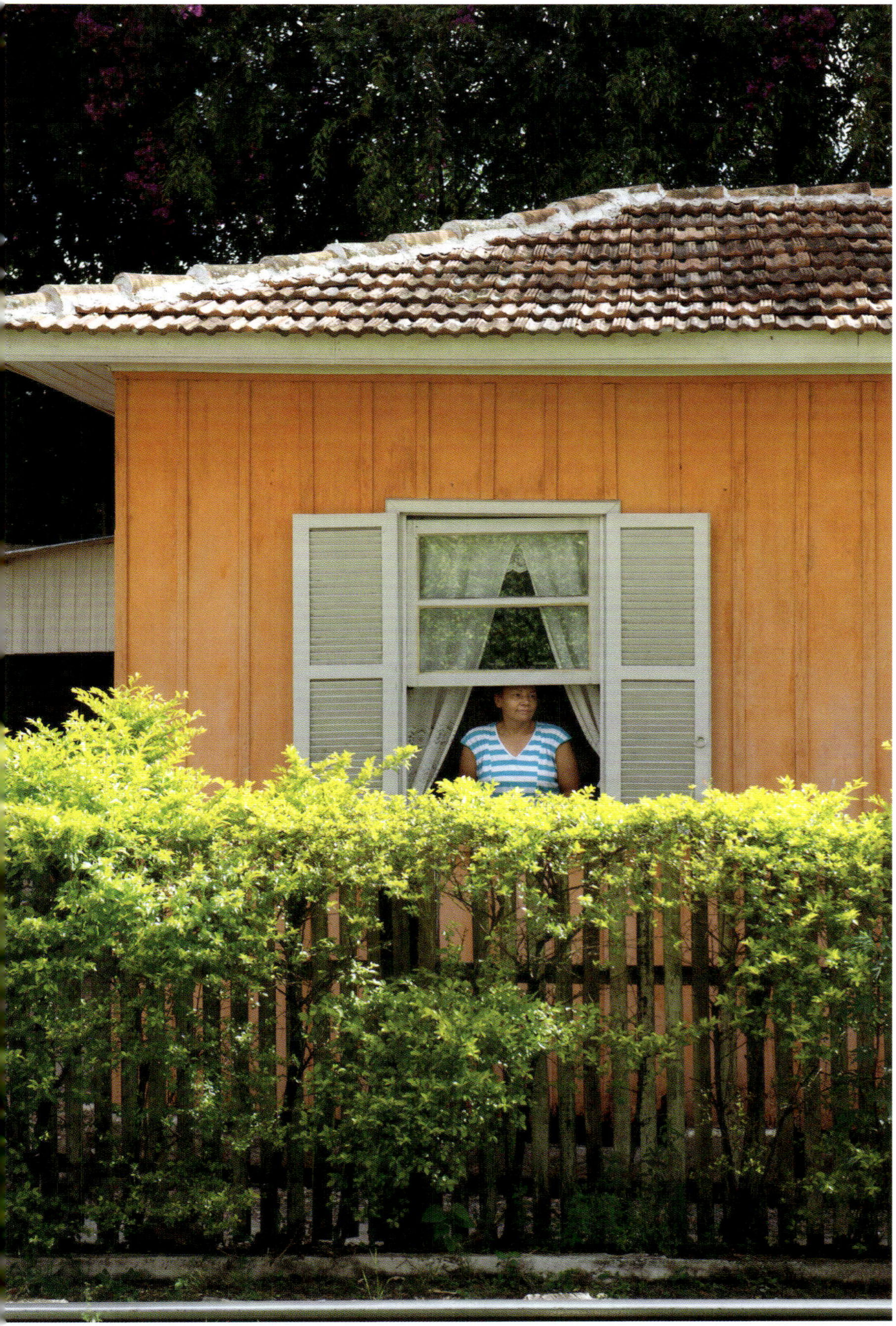

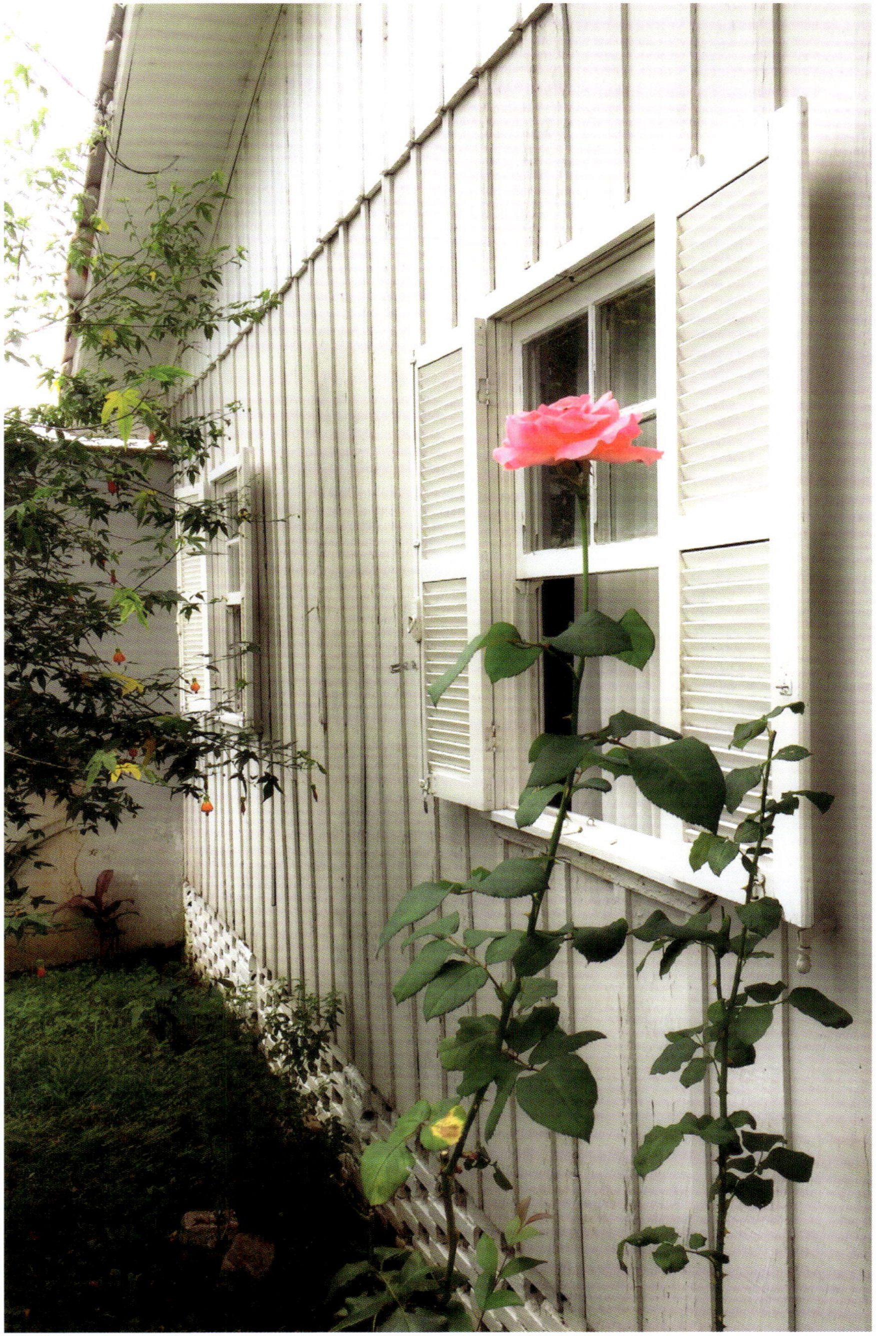

336

TODA CAPITAL TEM SEU INTERIOR
Every capital has its interior

por Lívia Lakomy

every capital has its interior
a world overflowing around
every interior has its center
something inside here, only

Washington Takeuchi asked me to write this short introduction to this book of his, about the wooden houses of Curitiba, based on those lyrics above. Actually, the beginning of this song—which is called "Junk" and was written by me and Bernardo Bravo—seems to sum up, in a few words, the universe as captured by Washington's photos. We both have seen, in this wannabe-a-metropolis Curitiba, that thing of an interior that still resists. The wooden houses of the city are a relieve both for the eyes and for the soul, that I have not seen in such a manner in any other capital I've been. Apparently, this transpires in my songs without my noticing (on the other hand, Washington has a vision clear enough to grasp what is going on with his photos). I am tempted to even playing that they are "masterpieces", at least in the sense of sharing a common family tree.

When I wrote "Junk", years ago, I had never lived in a city that was not Curitiba. I knew intellectually that our wooden houses were a particularity, but for me they were as natural as the tube stations or mulled wine tents. In a coincidence, the same Bernardo who helped composing the song moved to a wooden house at the same time that I moved from Curitiba. It became common for my visits to the city to be associated with his house, with old-fashioned tea pots and contemporary music gatherings, showing that the wooden house can—and should—modernize itself as the city (perhaps with a heater for the cold-natured-Curitiba-natives like myself...) "Junk" is about what we take with us because we could not leave it behind. Nothing fairer that can apply here.

It was necessary for me to live in different places to really understand how Curitiba-natives these houses are. It's something I did not see even when I visited my grandparents' Poland, as a teenager. The distance and the passing of time only made me more affectionate for the simplicity of a little wooden house with flowers in the yard and an embroidered curtain, surrounded by buildings in the city center. My imagination even added a lady with a strong foreign accent and that bad mood—like a typical Curitiba native—that I love and I share as look through the window. It is the very essence of the old Curitiba. Everything must change, and hopefully for the better... But some of these little houses might stay. The idea of declaring something a "cultural heritage" sounds very strong when placed next to something that looks so fragile as a wooden house, but I think that would be fair: declaring not only mansions and palaces, but also little wooden houses, our cultural heritage.

The funny thing is that, if the request for this declaration were made with no mention of the letter "Junk", I would probably associate this book with another song that I composed, called "Architecture". In a first moment, it seems to make more sense: in "Architecture" I imagine a city [that] was designed to remind me of you. Unconsciously (really?) I figured this you of that song in a wooden house, with lambrequins, a Portuguese pavement sidewalk and a grandmother preparing crumb cakes. This you might as well be living in a house photographed for this book, but I left it to the imagination. This is where the big difference between us lies: Washington did not want to just imagine. He wanted to knock on the door, drink a cup of coffee, listen to stories, record the details. Lucky us! If a wooden house survived until this day, it is because of their inhabitants who were very careful and very fond of it. Only a photographer who had this same care and fondness could bring us these images.

*"toda capital tem seu interior
um mundo transborda ao redor
todo interior tem seu centro
algo aqui dentro, só"*

Foi com base no trecho de música acima que Washington Takeuchi me pediu que escrevesse esta pequena introdução para este seu livro sobre as casas de madeira de Curitiba. Realmente, o começo dessa canção — que se chama "Tralhas" e é uma parceria minha com Bernardo Bravo — parece encapsular em palavras o universo captado em fotos por Washington. Ambos vimos, na Curitiba-que-quer-ser-metrópole, aquele quê de interior que ainda resiste. As casas de madeira da cidade são um descanso para os olhos e para a alma, que não encontrei manifestada da mesma forma em nenhuma outra capital por onde passei. Aparentemente, isso transparece sem que eu perceba nas minhas músicas (já Washington tem visão suficiente para captar o que se passa com suas fotos). Sinto-me tentada até mesmo a brincar que são "obras-primas", pelo menos no sentido de compartilharem um tronco familiar.

Quando escrevi "Tralhas", anos atrás, eu nunca tinha morado em uma cidade que não fosse Curitiba. Sabia intelectualmente que nossas casas de madeira eram uma particularidade, mas para mim eram tão naturais quanto estações-tubo ou barraquinhas de quentão. Numa coincidência, o mesmo Bernardo que ajudou a compor a música se mudou para uma casinha de madeira na mesma época em que me mudei de Curitiba. Tornou-se comum minhas visitas à cidade ficarem associadas à casa dele, com bules de chá à antiga e saraus de música contemporânea, mostrando que a casa de madeira pode — e deve — modernizar-se como a cidade (quem sabe com um aquecedor para os curitibanos mais friorentos, como eu…). "Tralhas" é sobre aquilo que levamos conosco porque não conseguimos deixar para trás. Nada mais justo que se aplique aqui.

Foi preciso morar em lugares diferentes para entender realmente o quão curitibanas são essas casas. É algo que não vi nem quando visitei, ainda adolescente, a Polônia dos meus avós. Com a distância e o passar do tempo só criei mais carinho para a singeleza de uma casinha de madeira com flores no quintal e uma cortina bordada, cercada de prédios no centro da cidade. Minha imaginação ainda acrescentava uma senhora com sotaque carregado e aquele mau humor típico curitibano que eu adoro e compartilho olhando pela janela. É a própria essência da velha Curitiba. Tudo deve mudar, e espero que mude para melhor... Mas bem que algumas dessas casinhas podiam ficar. A palavra "tombamento" soa muito forte quando colocada ao lado de algo que parece tão frágil quanto uma casa de madeira, mas acho que seria justo: não basta tombar palacetes, temos também que tombar as casinhas.

O engraçado é que, se o pedido para esta introdução viesse sem menção à letra de "Tralhas", eu provavelmente associaria este livro com outra música que compus, chamada "Arquitetura". À primeira vista, parece fazer mais sentido: em "Arquitetura" eu imagino uma cidade [que] foi projetada pra me lembrar você. Inconscientemente (será?) imaginei esse você da música em uma casa de madeira, com lambrequins, calçada de petit-pavé e avó preparando cuques. Este você poderia muito bem estar morando em uma casa fotografada para este livro, mas eu deixei que isso ficasse apenas na imaginação. É aqui que está a grande diferença entre nós: Washington não quis apenas imaginar. Ele quis bater na porta, tomar um cafezinho, ouvir as histórias, registrar os detalhes. Sorte nossa! Se uma casa de madeira sobreviveu até hoje, é porque teve dos seus habitantes muito cuidado, muito carinho. Só um fotógrafo que tivesse esse mesmo cuidado e carinho poderia nos trazer essas imagens.

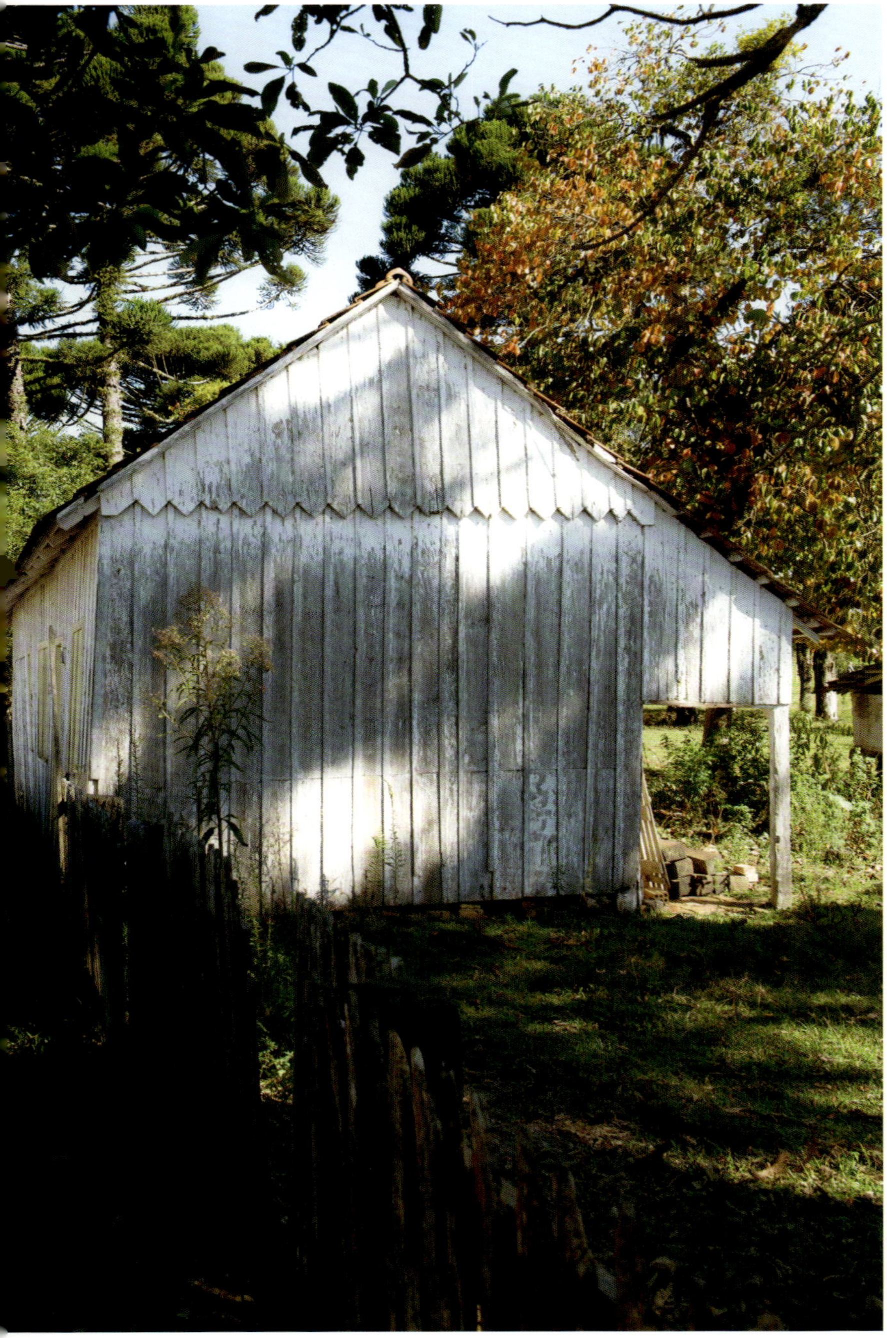
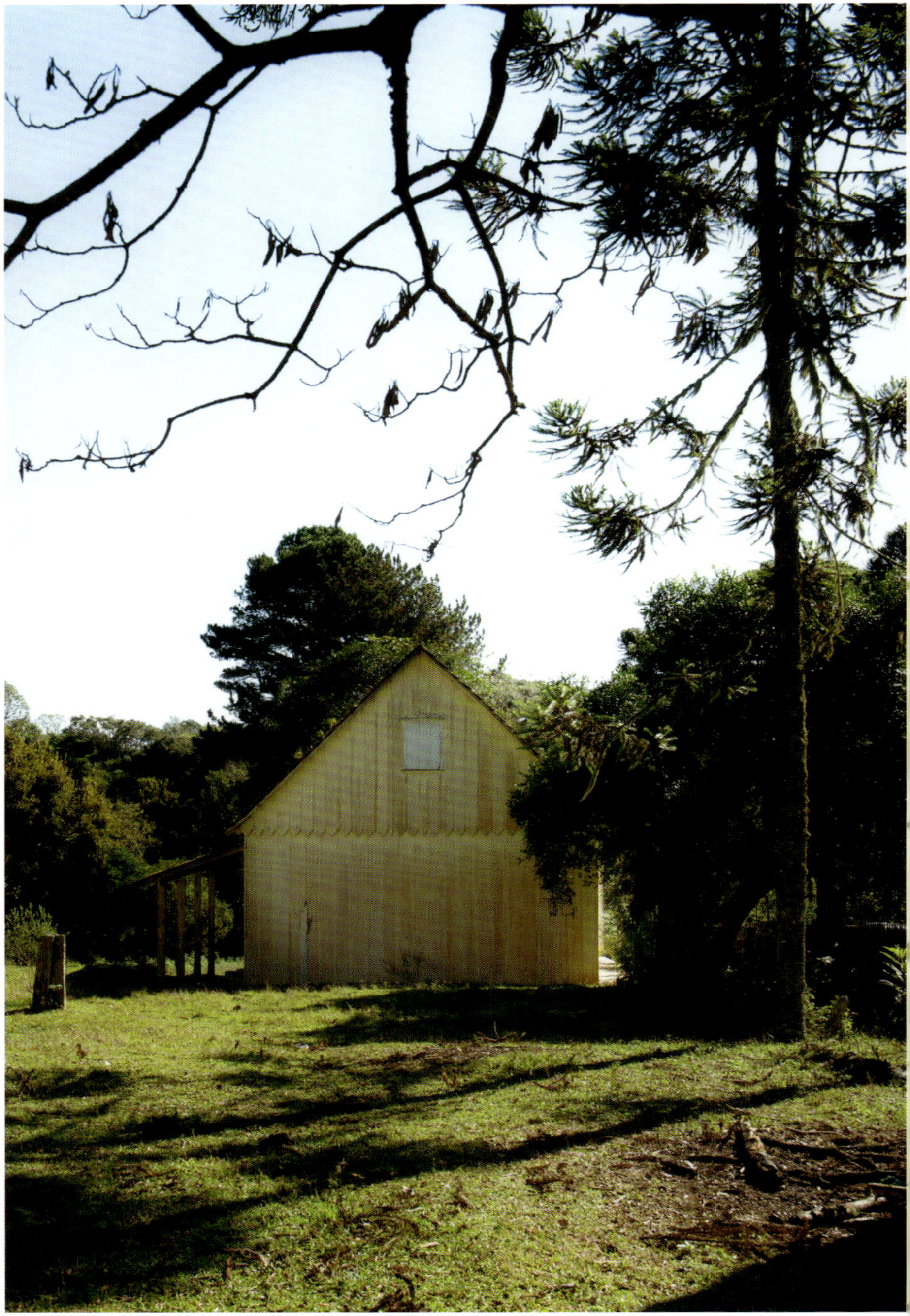

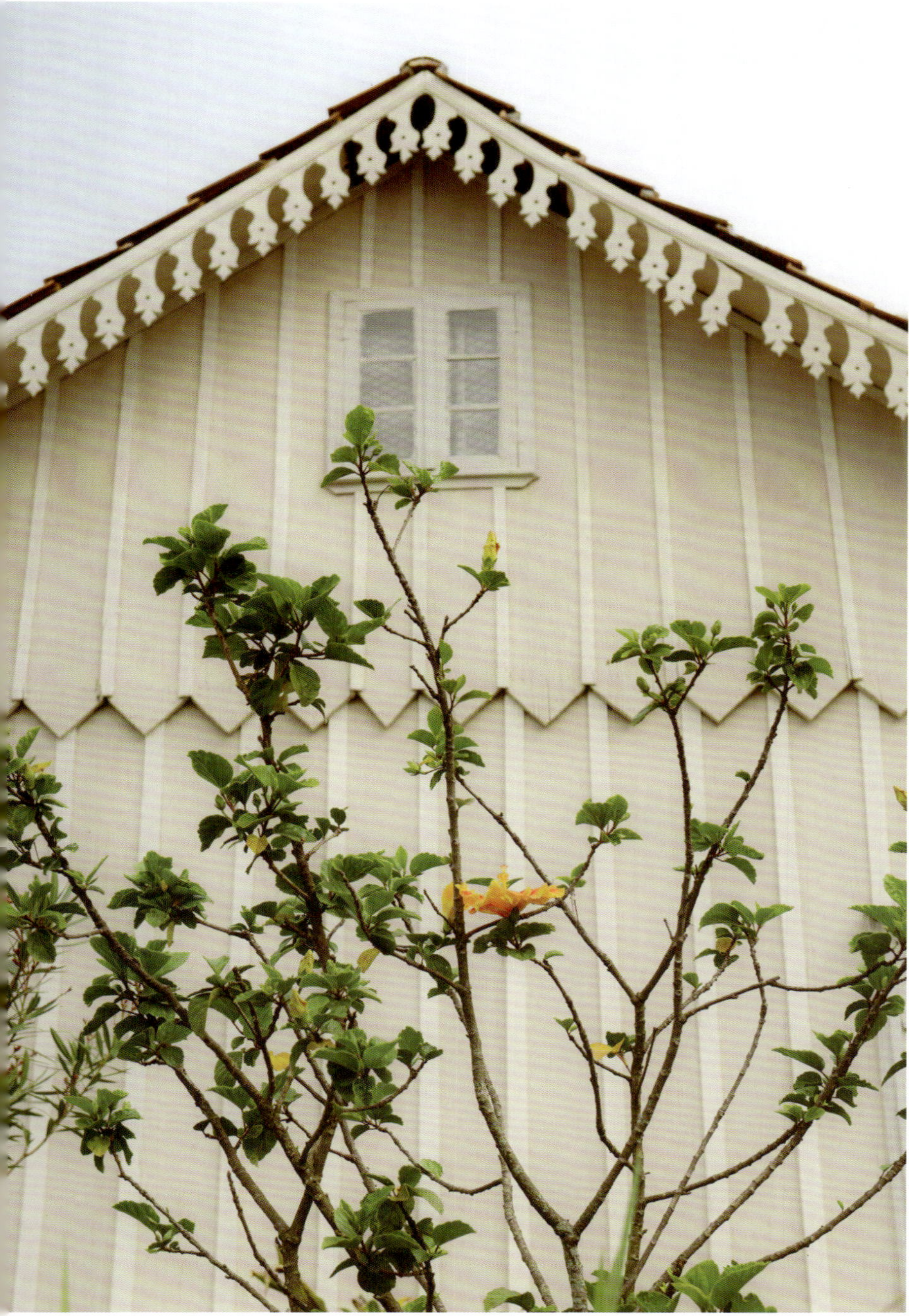

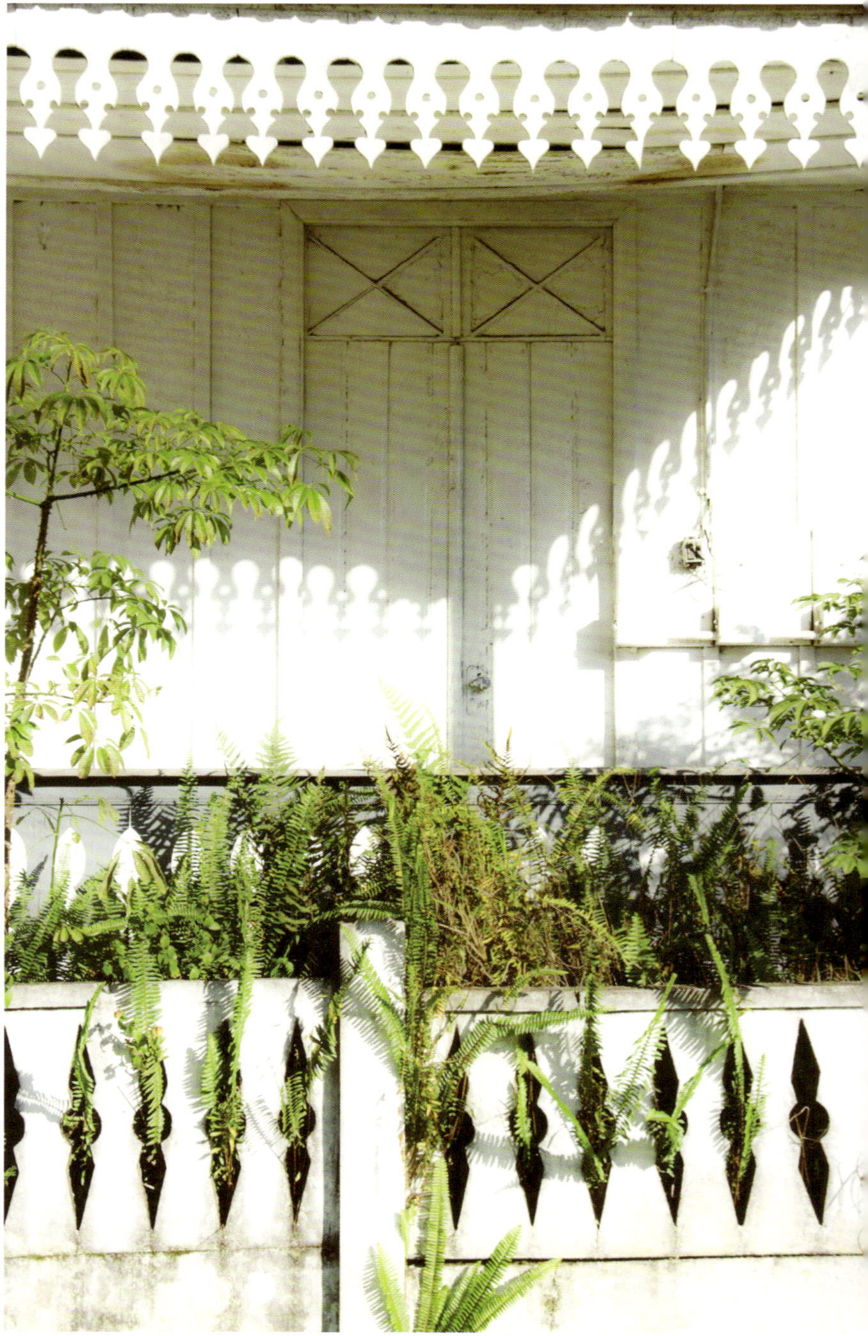

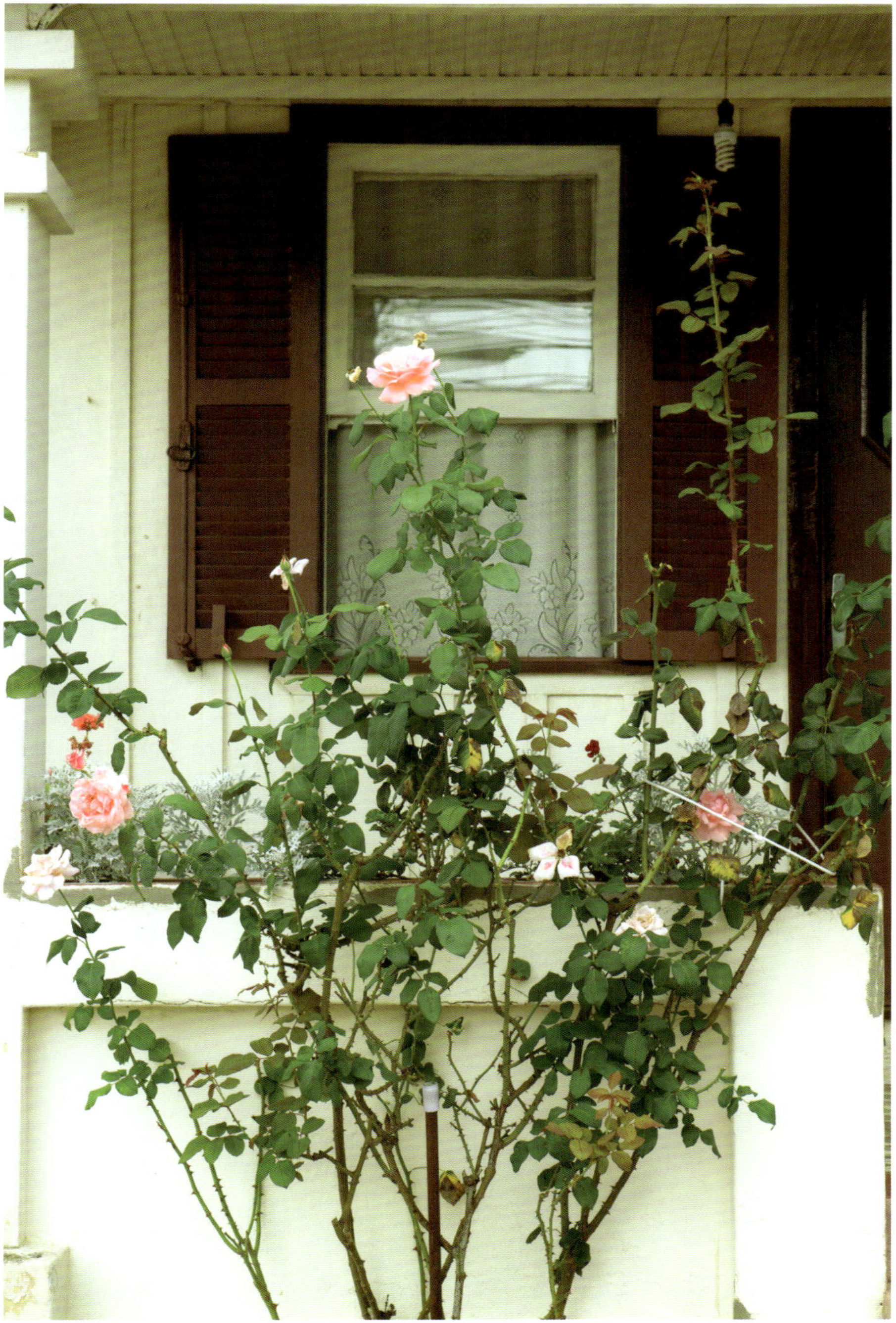

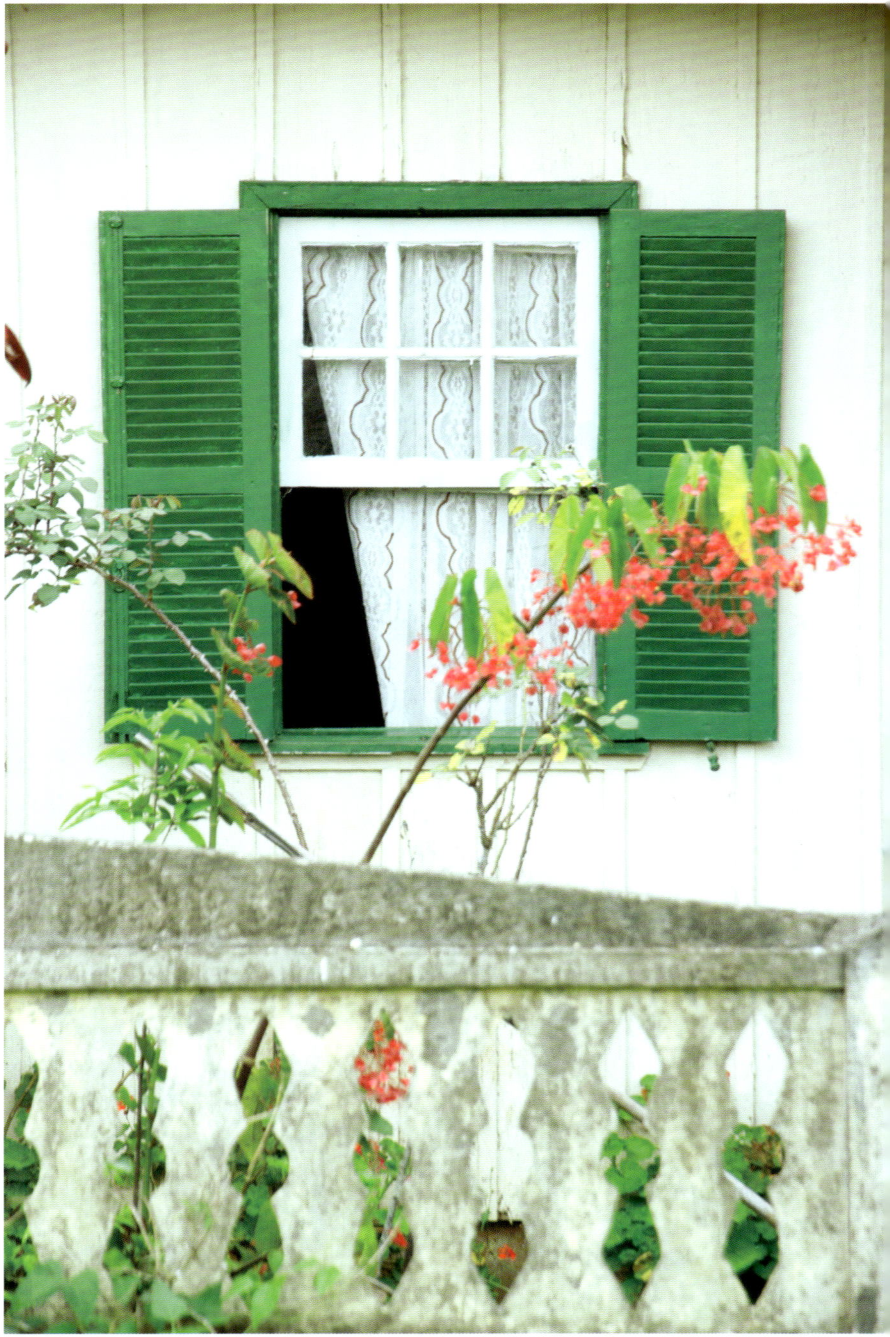

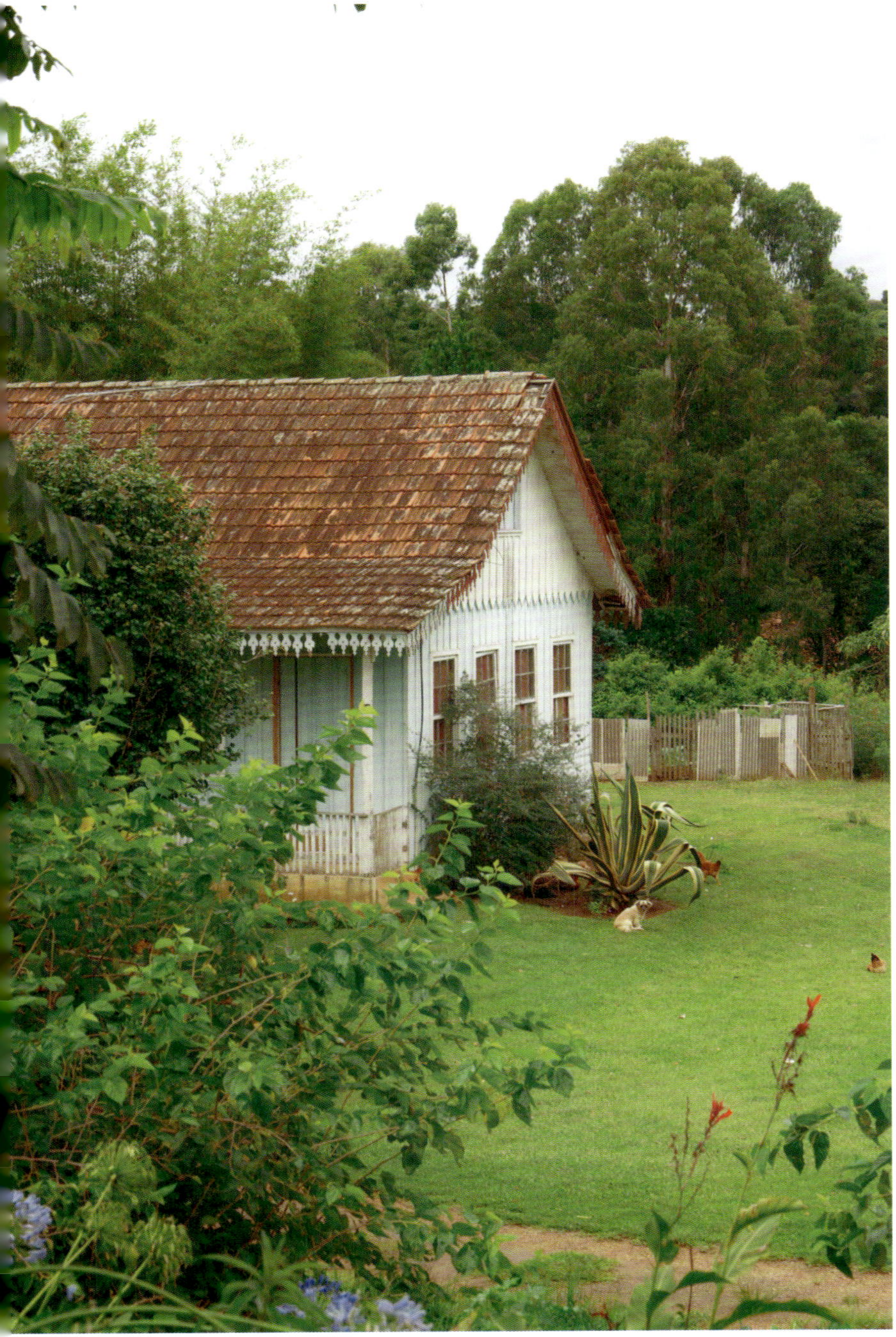

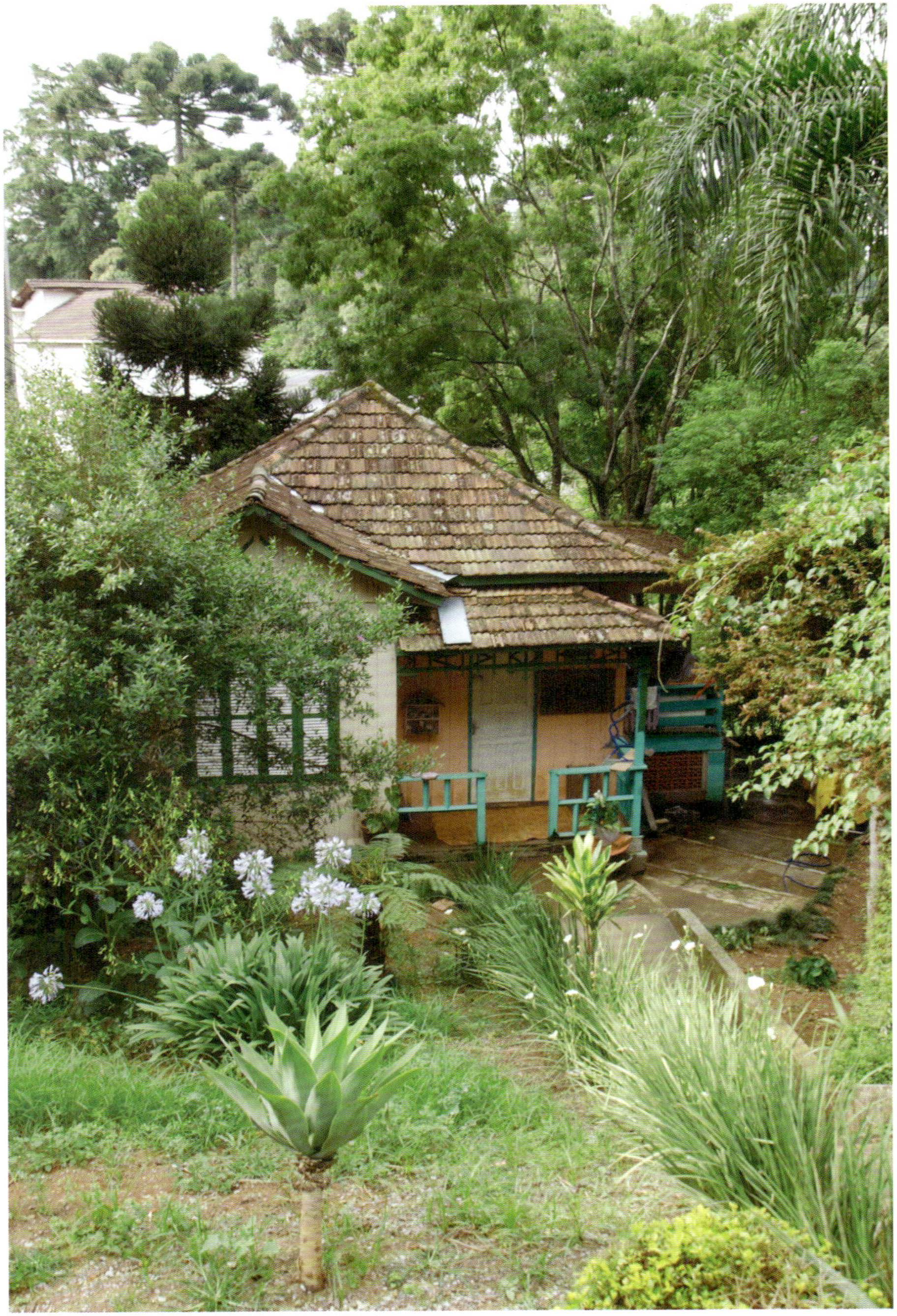

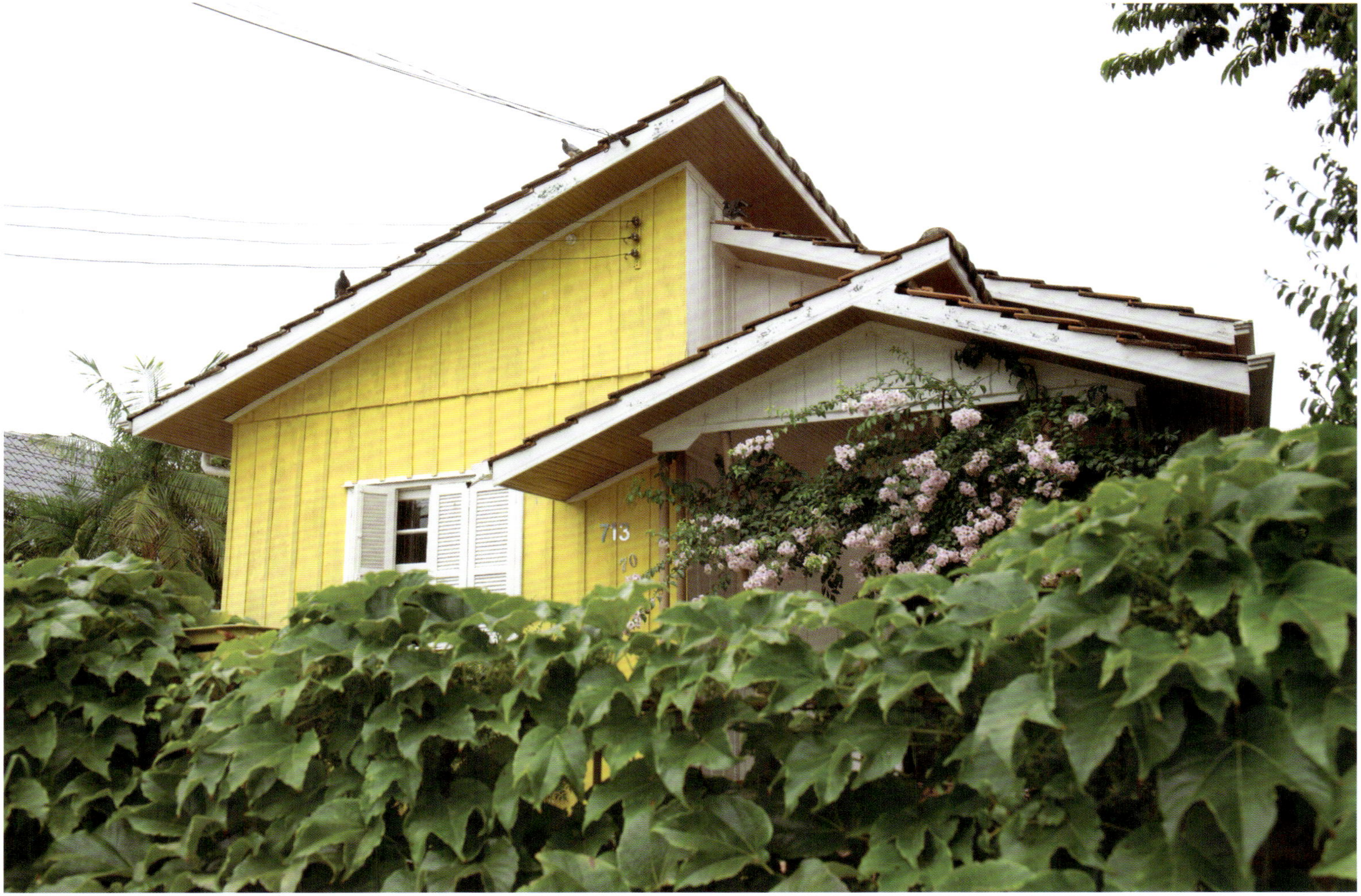
713

FOTOGRAFIA, CASAS E SONHOS

Photography, houses, and dreams

por Lu Berlese

To collect photographs is to collect the world. The quote, by Susan Sontag, makes me think that Longing for the Nest is a book-collection. More than collecting photographs, Washington Takeuchi collects dreams.

This visual chronicle leads us to a journey through a very particular universe, where the different dwellings of our life rest, including those in which we never inhabited—those we have only been in our imagination.

The paths keep treasures. We can find them in the polyhedral design of a garden or in the elaborate cutout of a facade. Other times, they are present in the reflection of a window that lets us glimpse a distant voice, reaching us from the recesses of memory.

In this walk, we collect Time, because a nest-house is never new. The small-nest-houses-made-of-dreams collected by Takeuchi make us desire a fireplace, as our shelter on a winter night, as we share ancestral stories.

As the poet said, our soul is an abode, and when we remember the houses and the rooms they evoke, we learn to live in ourselves. Thus, the photos of the houses act in two ways: they are both part of our imagination, as they are parts of us we can perceive in them.

> ...the house shelters day-dreaming,
> the house protects the dreamer,
> the house allows one to dream in peace.
> Gaston Bachelard

A flash of sunshine that illuminates the landscape also shines in the depths of our psyche. An uneven ground aligns the concept of the heroic journey to the everyday battle we face. A train track squeezing along the side of the house insists on the ephemeral status of our existence. An araucaria that punctuates the sky advises us to raise our eyes to the zenith and to sigh in chimerical landscapes...

And shouldn't this be one of the main roles of Photography? Giving us a new world, removed from the present space-time, and reformulated in another visual reality? By opening the dissolution of time—sometime tenuous, sometimes fierce—sprinkled on each porch, on each eave, or on the faded painting of a wall, photography gives us a metaphor of life itself and its relationships. The arrival of the sunset is inevitable, but it can be a beautiful moment if we can contemplate the lines between the lines of its subtle charms.

For these wooden houses, the winter comes raging over the mountain, but each image fixed on the sheets of this book preserves the poetry of a distant time. By collecting what has been discarded and embracing what was thrown in the ruthless struggle of the great city, the photographer ensures that what was about to be lost forever will outlive us all. Not only the history of a city, but the dreams of their inhabitants are ransomed.

After all, doesn't a sweet wooden house make the cold season more poetic?

Colecionar fotos é colecionar o mundo. A frase, de Susan Sontag, me faz pensar que Saudade do Ninho é um livro-coleção. Mais do que colecionar fotografias, Washington Takeuchi coleciona sonhos.

Esta crônica visual nos leva a uma viagem por um universo muito particular, onde habitam as diversas moradas da nossa vida, inclusive aquelas nas quais nunca habitamos — aquelas onde apenas estivemos na imaginação.

Os caminhos guardam tesouros. Podemos encontrá-los no desenho poliédrico de um jardim ou no recorte elaborado de uma fachada. Outras vezes estão presentes no reflexo de uma janela que nos deixa entrever uma voz longínqua, que nos chega dos recônditos da memória.

Neste caminhar, recolhemos o Tempo, pois uma casa-ninho nunca é nova. As pequenas-casas-ninho-feitas-de-sonho colecionadas por Takeuchi nos fazem desejar uma lareira para abrigar-nos em uma noite de inverno e compartilharmos histórias ancestrais.

Já disse o poeta que nossa alma é uma morada, e que, quando nos lembramos das casas e dos aposentos que elas evocam, aprendemos a morar em nós mesmos. Assim, as fotografias das casas trabalham em dois sentidos: tanto fazem parte do nosso imaginário, quanto parte de nós podemos perceber nelas.

"...a casa abriga o devaneio,
a casa protege o sonhador,
a casa nos permite sonhar em paz."
Gaston Bachelard

Um lampejo de sol que ilumina a paisagem também brilha nas profundezas de nossa psique. Um desnível de terreno alinha o conceito da jornada heroica à batalha cotidiana que enfrentamos. Um trilho de trem que se esgueira na lateral da casa insiste no status efêmero de nossa existência. Uma araucária que pontua o céu nos aconselha a alçarmos a mirada ao zênite e suspirarmos em paragens quiméricas...

E não seria esse um dos principais papéis da Fotografia? Presentear-nos um mundo novo, recortado do espaço-tempo presente e reformulado em outra realidade visual? Ao escancarar a dissolução do tempo — ora tênue, ora ferrenha — salpicada em cada varanda, em cada beiral, ou na pintura desbotada de uma parede, a fotografia nos brinda com uma metáfora da própria vida e suas relações. A chegada do ocaso é inevitável, porém, pode ser um belo momento se soubermos contemplar as entrelinhas de seus sutis encantos.

Para essas casas de madeira, o inverno chega enfurecendo-se sobre a montanha, mas cada imagem fixada nas folhas deste livro preserva a poesia de uma época distante. Ao recolher o que foi descartado e abraçar o que foi desprezado na luta implacável da grande cidade, o fotógrafo garante que aquilo que estava a ponto de ser perdido sobreviverá a todos nós. Resgata, não apenas a história de uma cidade, mas o sonho de seus habitantes.

Afinal, uma doce casa de madeira não torna mais poética a fria estação?

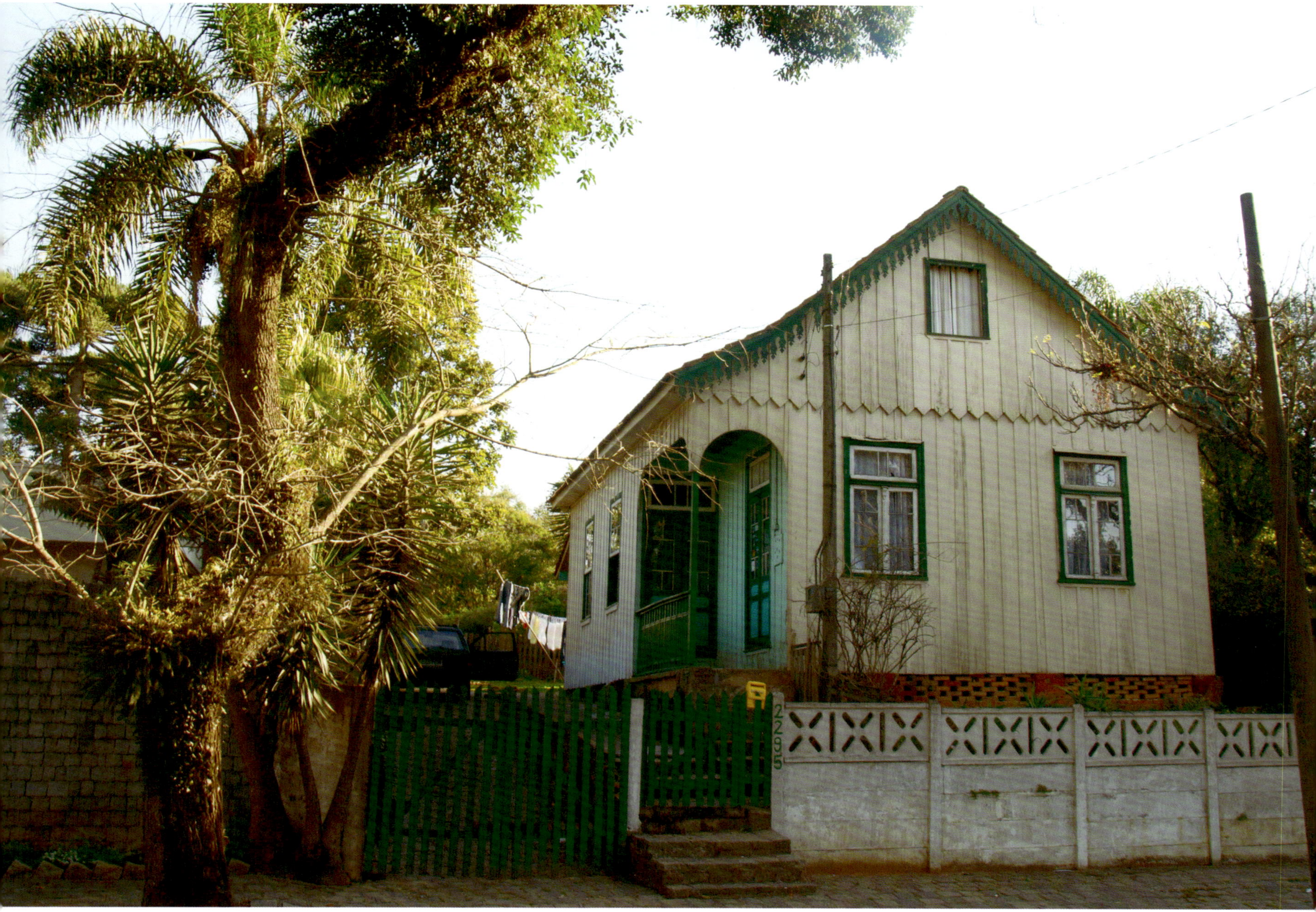
2295

43

44

45

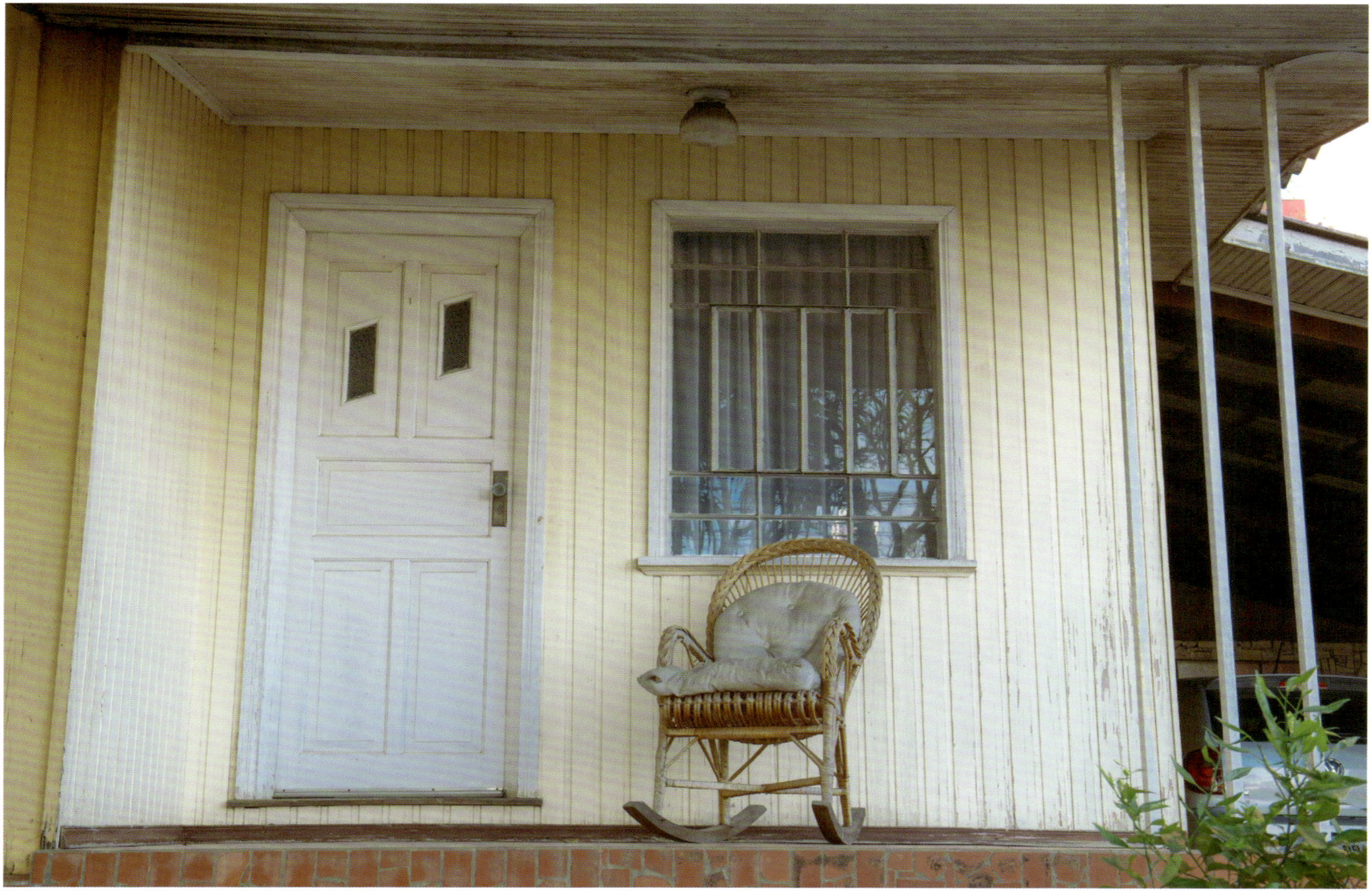

47

48

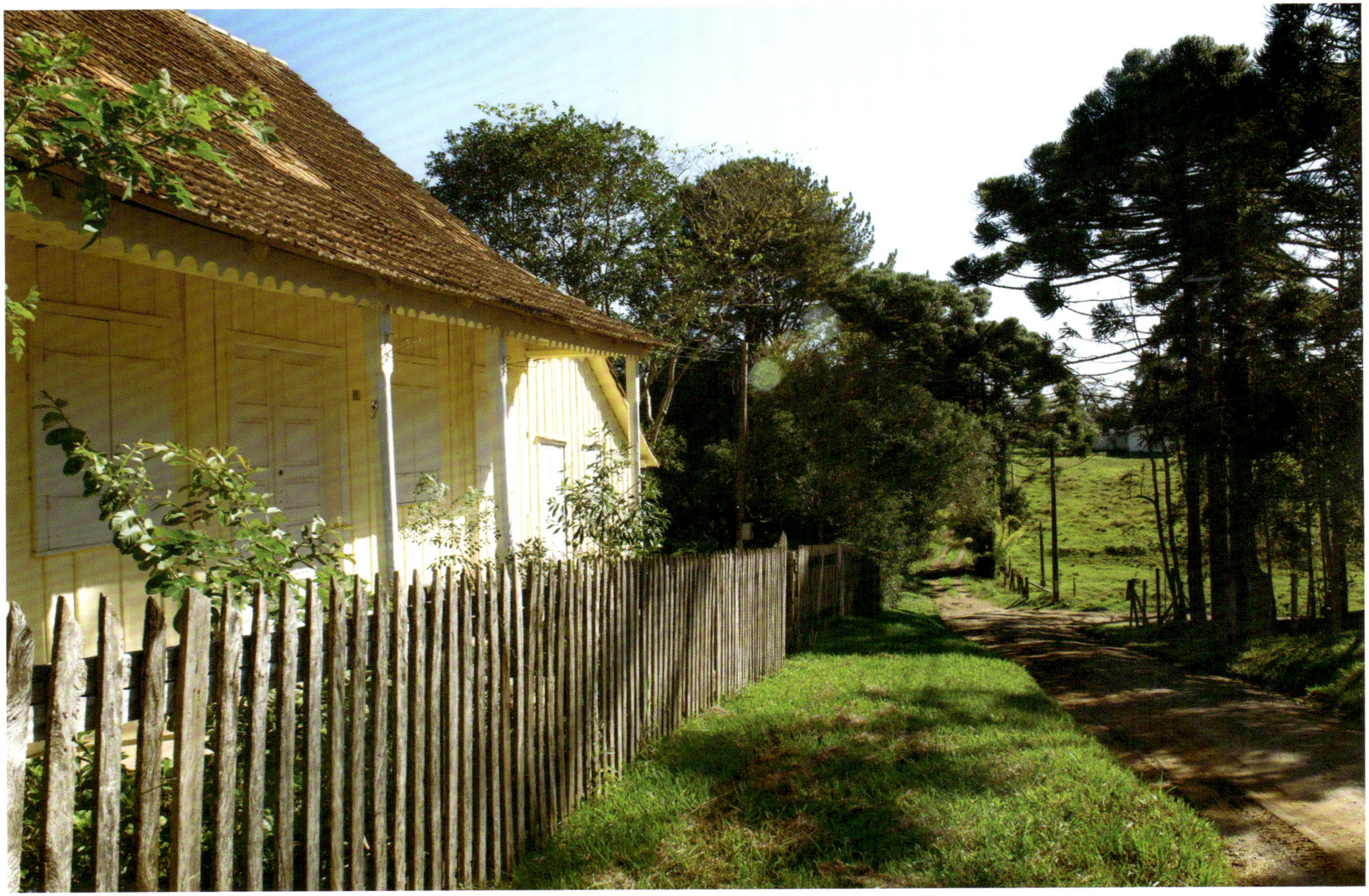

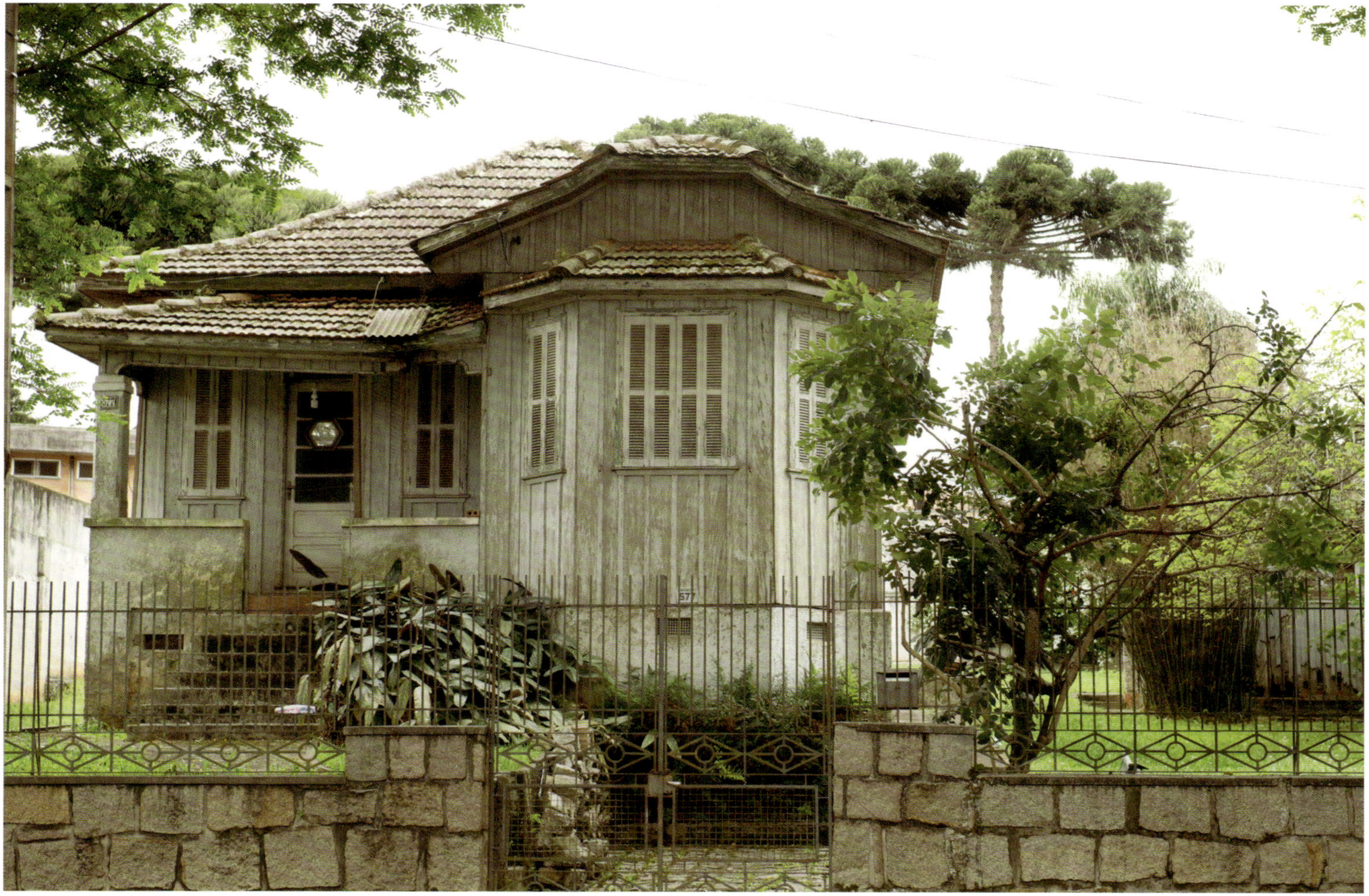

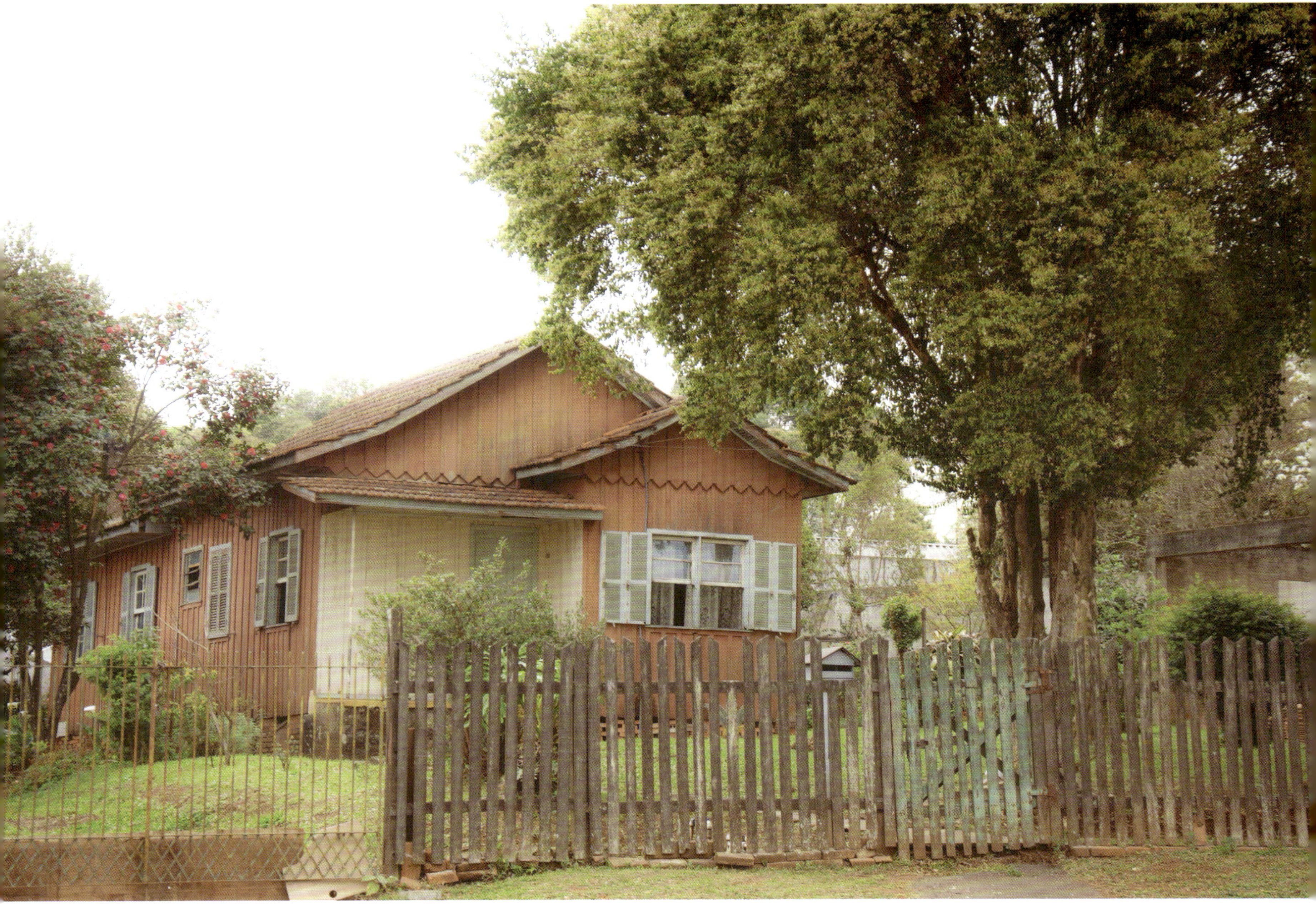

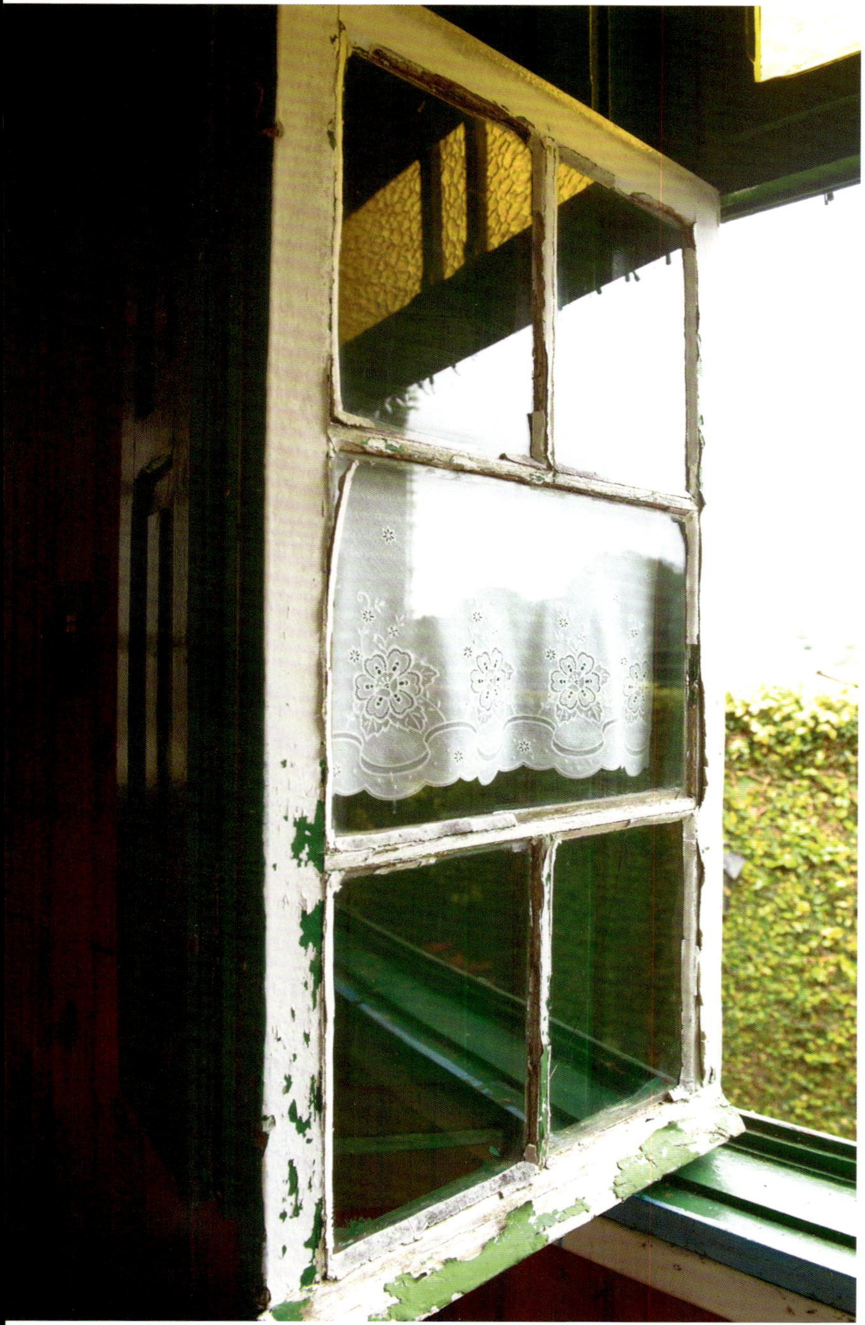
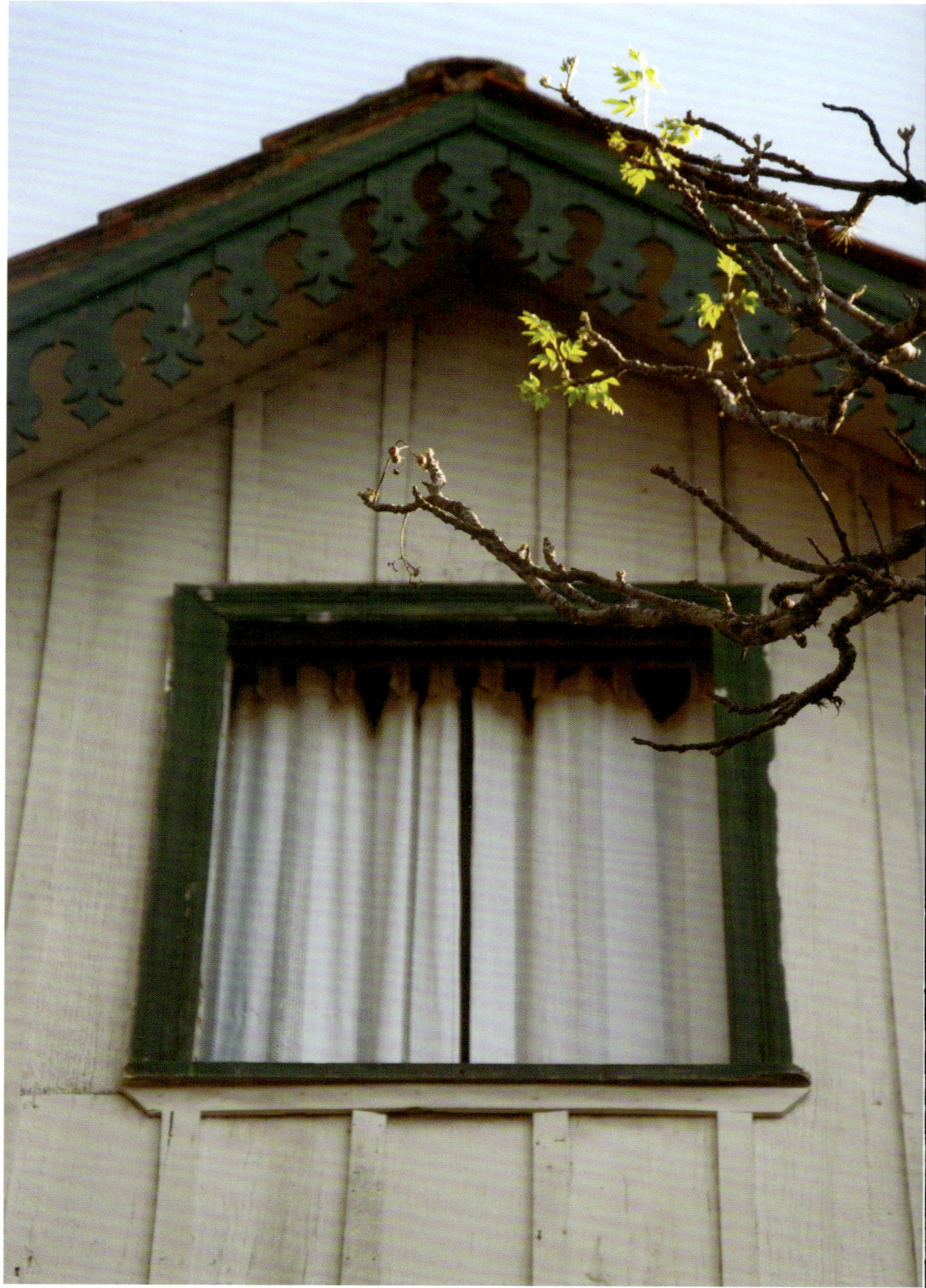

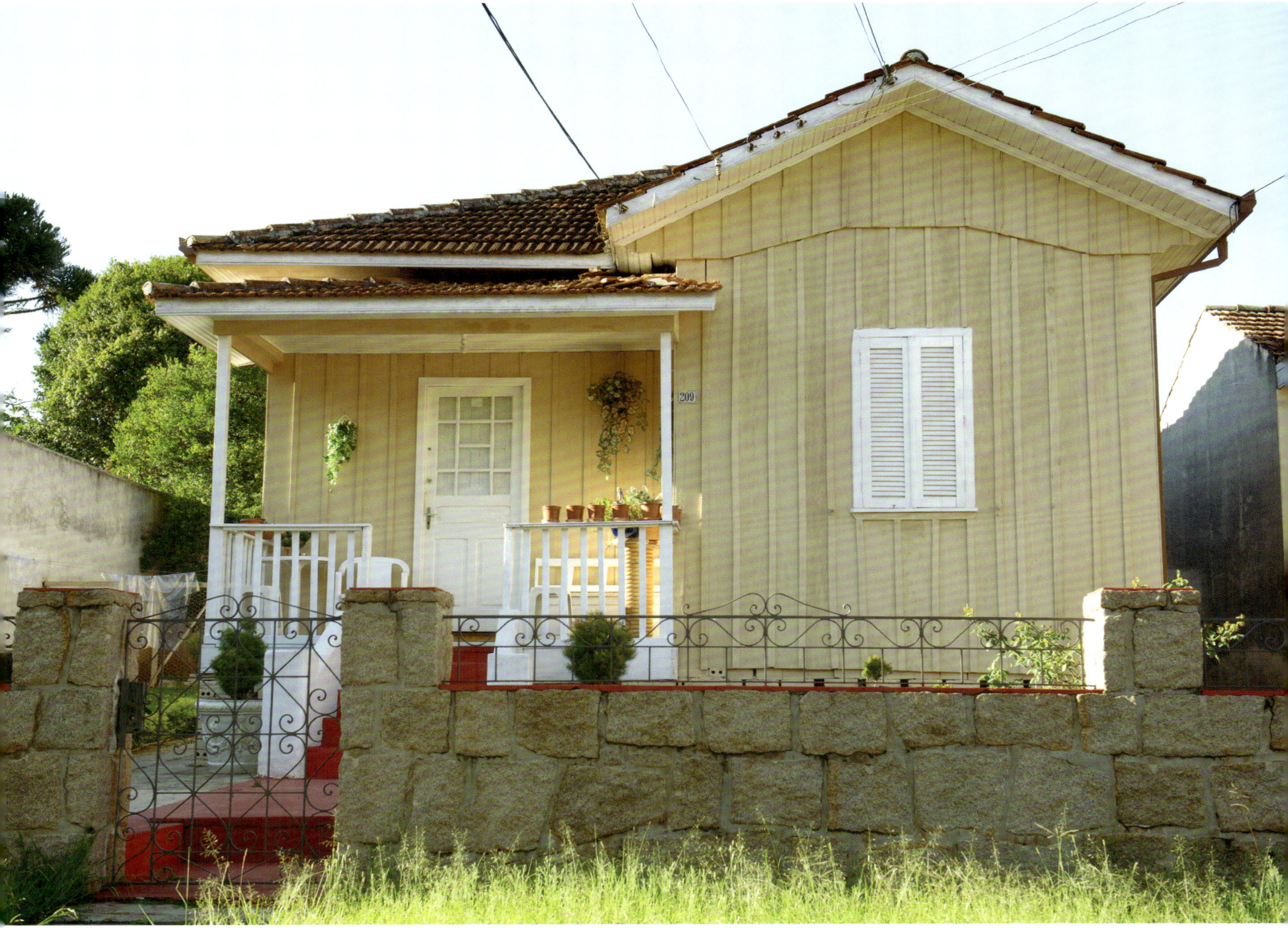
209

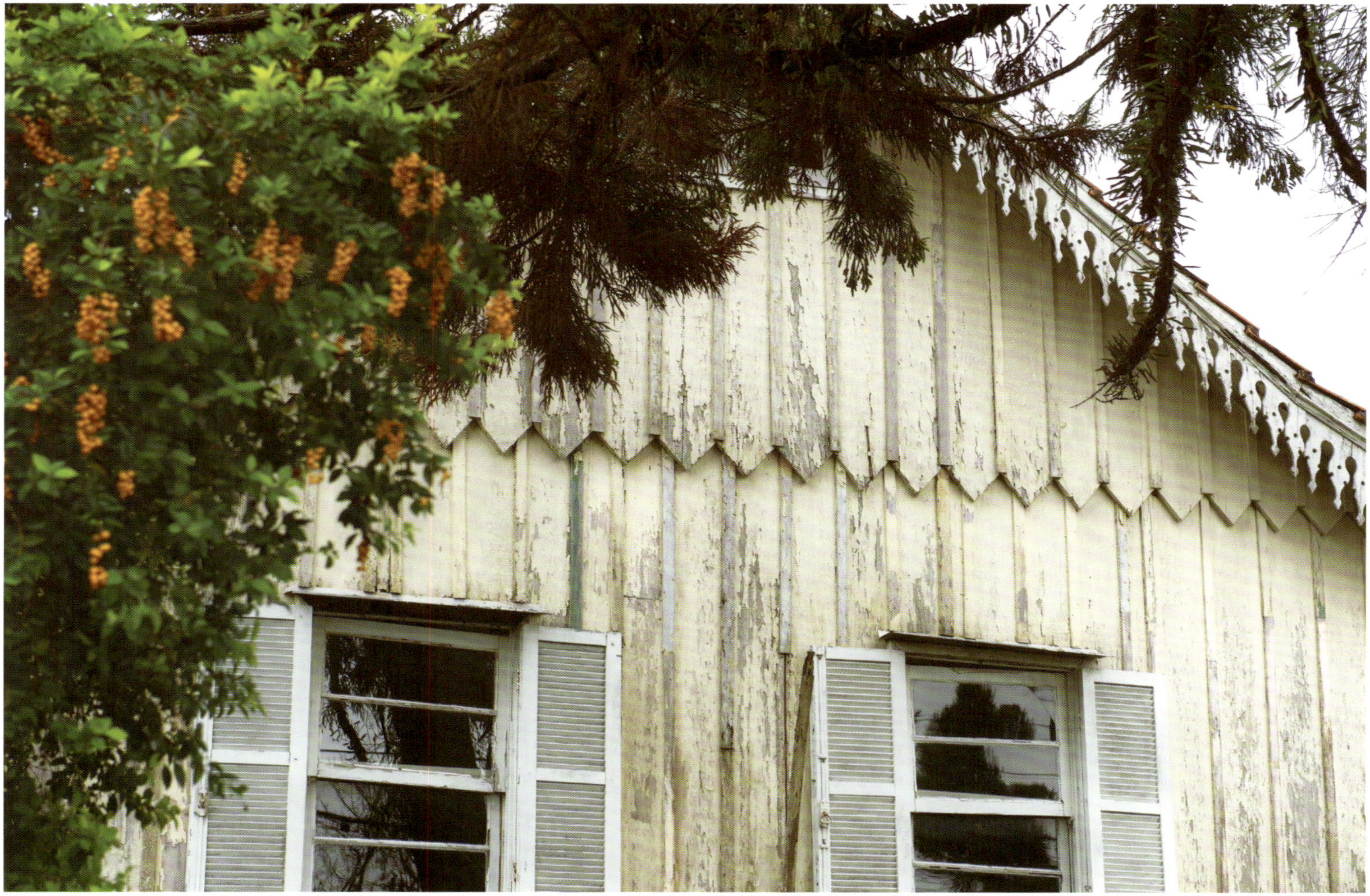

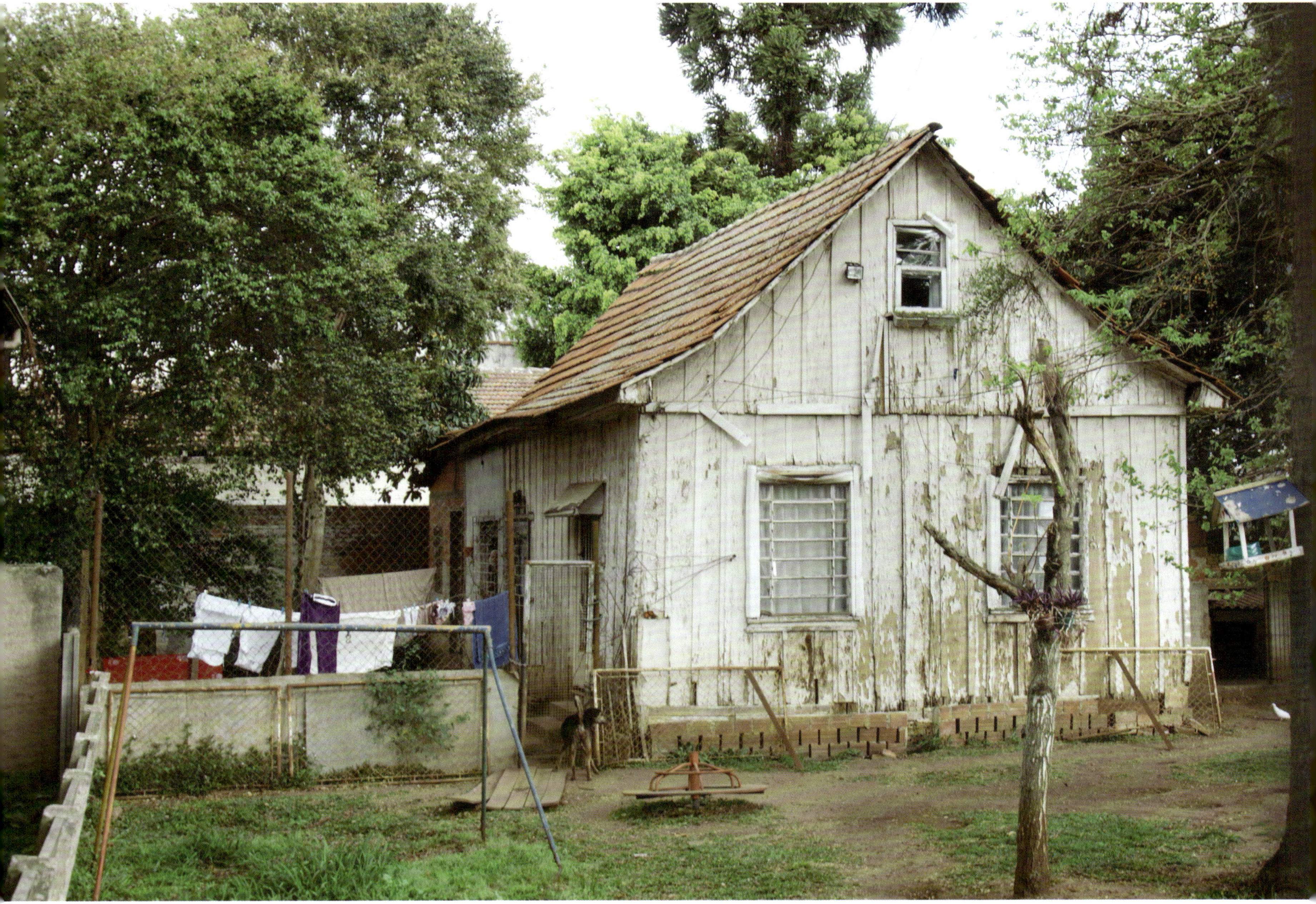

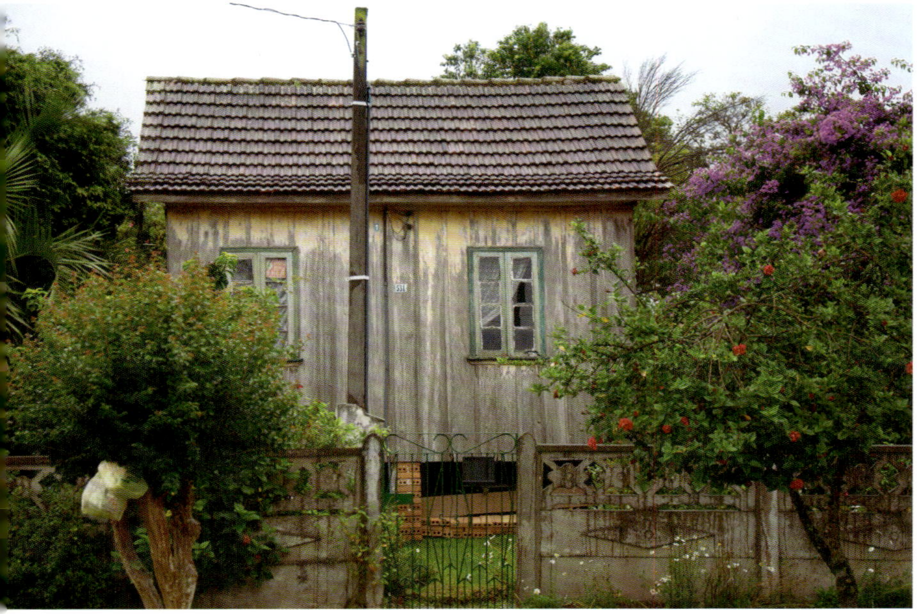

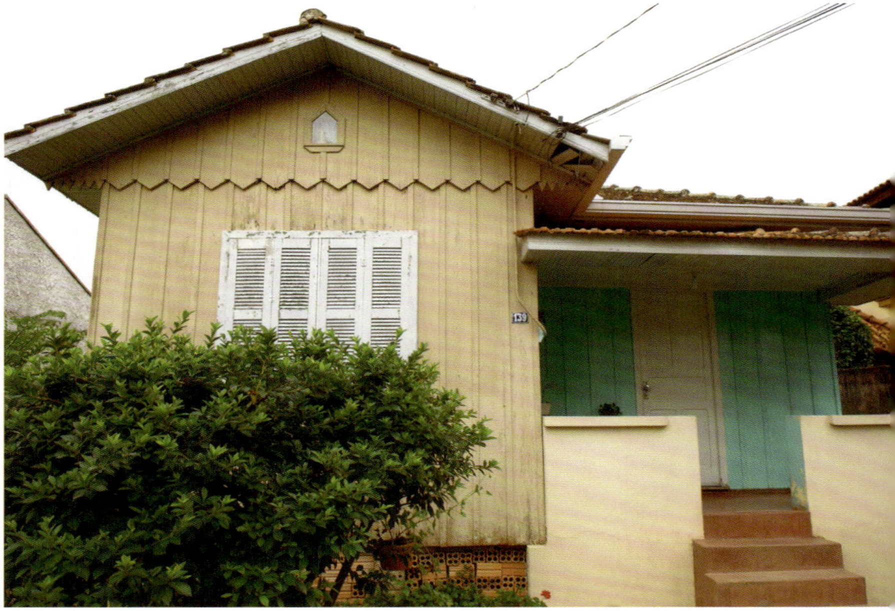

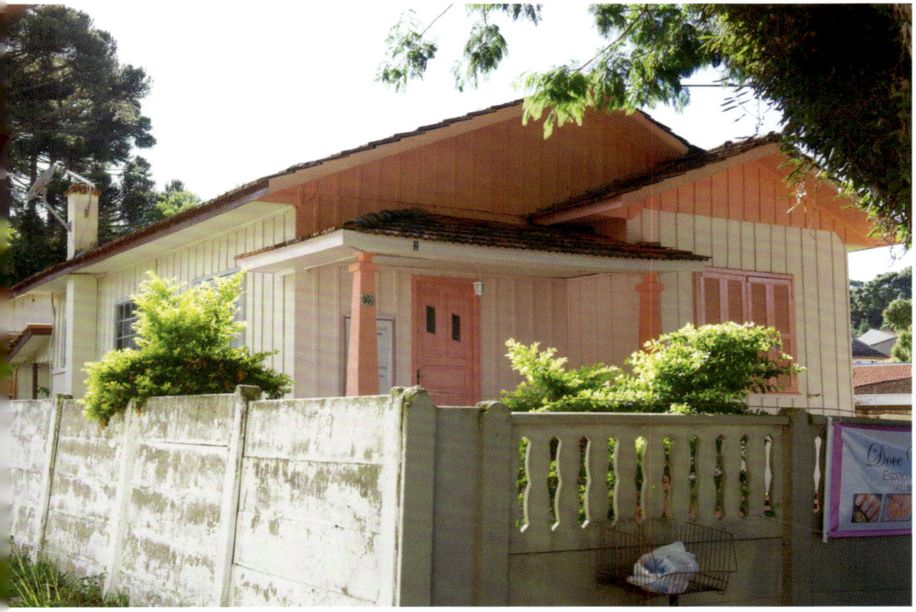

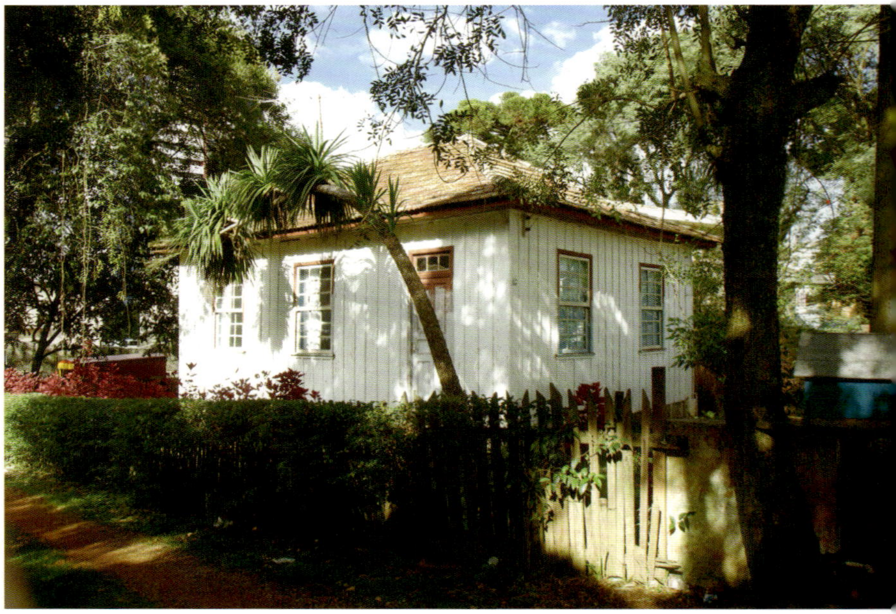

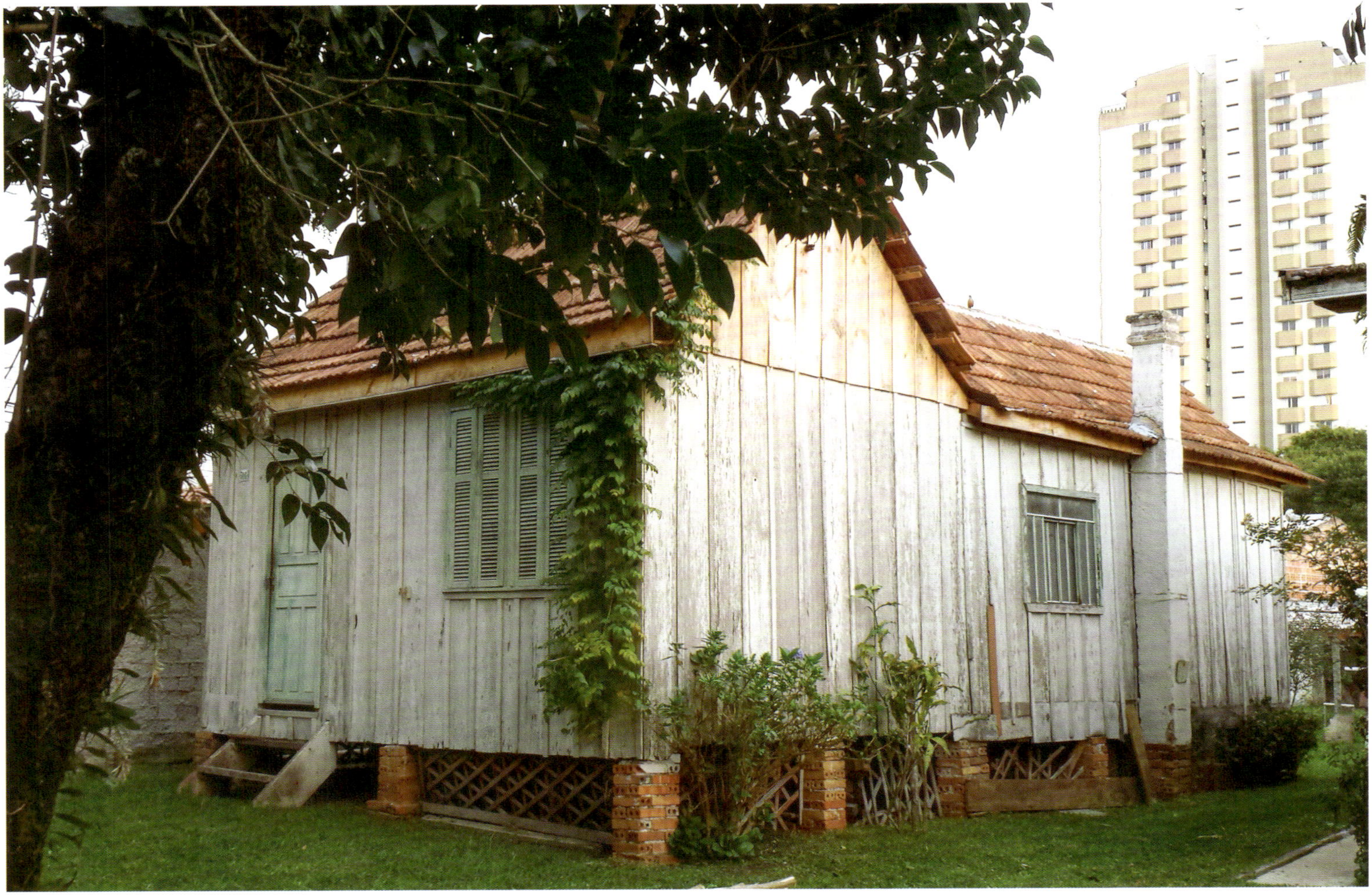

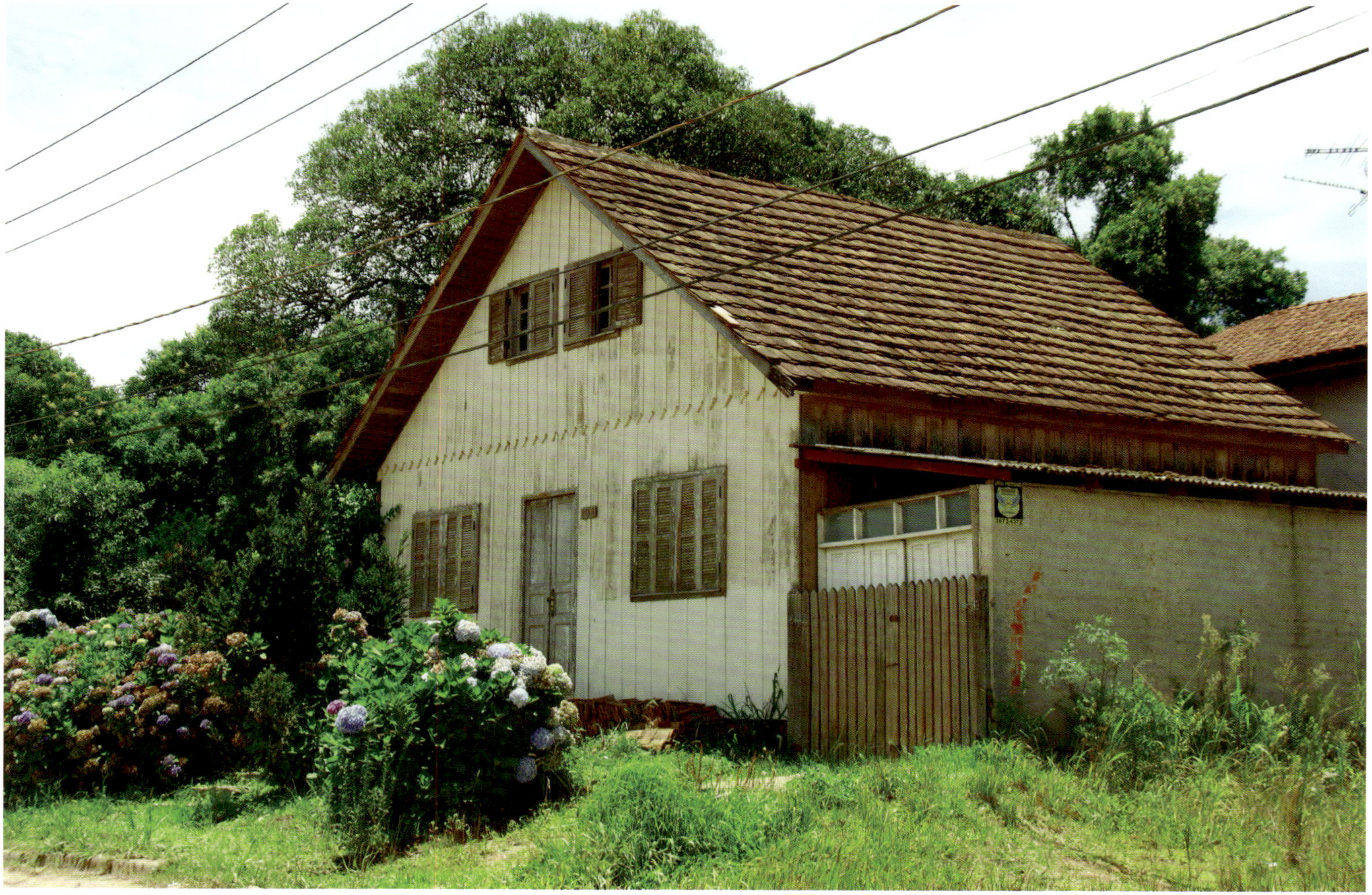

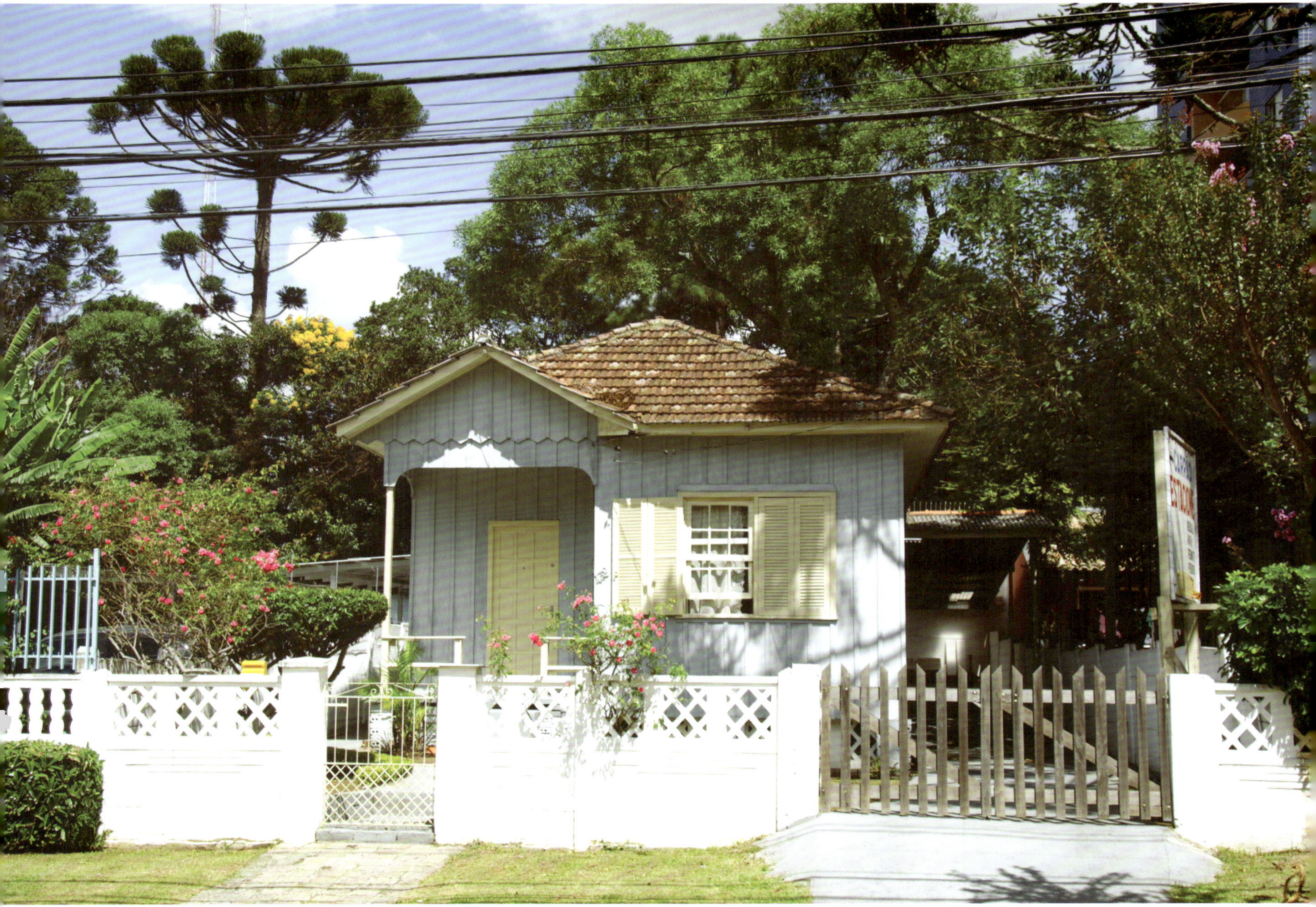

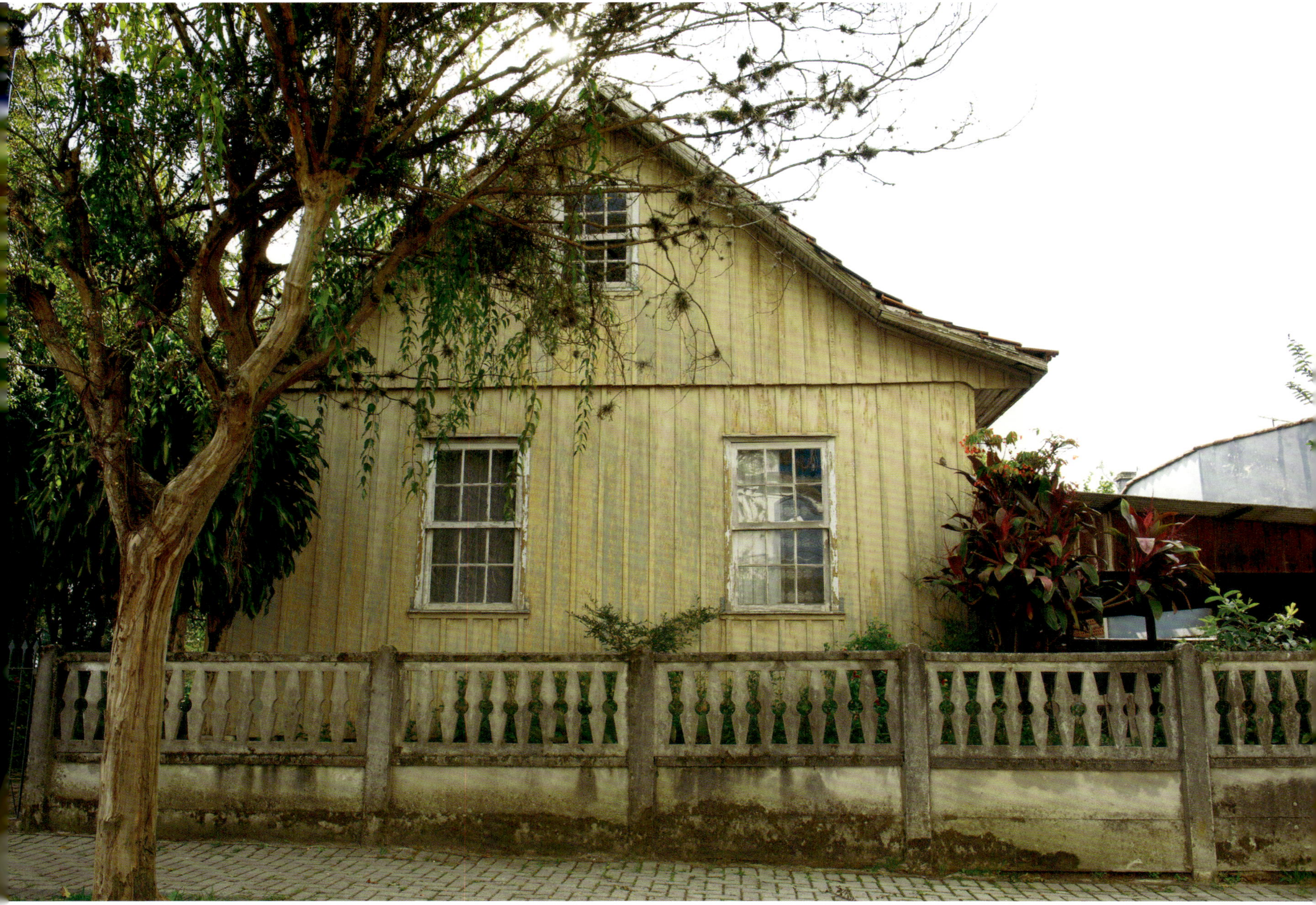

61

DE MADEIRAMES E CONCRETUDES
Of woodwork and concreteness

por Andressa Barichello

Não importa que o nosso olhar não seja apto a nomear as madeiras segundo uma definição menos genérica do que simples... *madeira*.

Quem um dia as batizou cedro, pinus, imbuia, jacarandá, carvalho ou canela sabia reconhecê-las pela variedade — para nós, basta saber reconhecer pela essência comum, o que já não é desafio pequeno em tempos de escassas pausas contemplativas.

O que mais interessa, superada a óbvia utilidade da porta que abre e fecha ou das paredes que cercam, é a madeira vista bem de perto — não como todo, mas como parte. A madeira em close, à curtíssima distância de olhos-lente.

Um olhar assim bem aproximado, a considerar cada laivo o relato de um tempo específico — e não me refiro aos seus anéis, a contar a idade própria. Falo das incisões, a contar de um tempo formado de muitos dias, todos eles igualmente importantes.

As ferpas, elas também. Como pude esquecer-me delas?

Aquelas que doem em nós ao penetrar a pele feito agulha.

Aquelas que doem metáfora, porque da madeira-mãe se desprendem, pequena parte desgarrada, por vezes invisível, nunca insignificante diante do todo e dele: o tempo.

Tudo em uma casa é acerto ou pura necessidade de ser assim; por isso, nada em uma casa está fora de lugar. Aquela esquadria desparelhada, os matos a avançar por onde avançam, a escada com degraus estreitos que termina em lugar nenhum — basta observar um pouco e você entenderá.

Acontece também com a gente, com nossos filhos, com nossos amores. Cada pessoa dentro do corpo às vezes se vê mal ajambrada, tendo quase sempre como arrimo a especificidade na qual se alinham ou se espalham objetos seus, coisas trazidas para dentro, no limite do possível e na ânsia de provisão, como fazem as formigas, os pássaros e todos os seres que constroem ninhos.

Você já viu uma parede de alvenaria estufada porque exposta à umidade constante? A força de uma unha basta para fazer a tinta desprender. Mais adiante, empreendida uma nova pequena força, e o que tínhamos por concreto se esfarela. Uma casa de alvenaria é feita de barro, de areia, de cal. Do acúmulo e da mistura de substâncias que não deixam de ser básicas e precárias, embora juntas se sustentem e parem em pé. Com as madeiras é a mesma coisa. A diferença é que lascam, apodrecem e são palatáveis aos cupins. Pura coerência: barro e areia em sua afinidade com a água se dissolvem, enquanto a madeira, em seu eterno vício de ser árvore, sucumbe apenas à sanha faminta dos cupins.

Embora casas e prédios nos pareçam estrutura banal, acostumados que estamos a eles, no íntimo e ancestral — na essência — continuamos a reverenciar a presença de um teto. Porque ter o céu como teto um dia não nos bastou. Continuamos a reverenciar a força dessas estruturas precárias e inventadas a cada vez que — pela especificidade de nossas existências — preenchemos com nossa presença feita de sentimentos o espaço de uma casa — lida aqui como família, lar.

Numa casa nada está fora do lugar, porque nossas idiossincrasias mantêm entre si um diálogo coerente que, para sê-lo, passa quase nunca pela ordem da razão. É também pelo inconsciente que móveis e imóveis antigos despertam nas pessoas reações tão díspares.

Pulsão de conservação; a devoção de alguns às construções marcadas por décadas, desejo de preservação.

Pulsão destrutiva; a gana de outros para extinguir qualquer traço de passado.

Já reparou, então, como construções, não importam o tamanho e o formato, são em alguma medida máquinas de acolher um tempo localizado fora do tempo? Um tempo que habita em nós como indivíduos e coletivo?

Construções são capazes de conduzir uma viagem para o passado e de encaixar e sobrepor o laminado de muitas histórias, ecos no presente. Quanto mais sobrevive ao tempo, mais conectada ao mundo uma construção se torna. Porque quanto mais dure no tempo, mais reitera as notícias trazidas por sua voz antiga e assim mais longe faz alcançar o abrigo um dia criado. Por mais que evanesçam as existências humanas reais que ali se depositaram, o território de uma casa convoca habitação, insiste, reticente, em fazer ponte com o tempo e o humano do aqui-agora.

Quando uma mansão ou casa singela vai ao chão na cidade sem que disso se faça luto ou arte, parece haver a dificuldade de seus habitantes em encadear o sentido do hoje com o sentido do ontem. Considerando que o hoje, tempo no qual vivemos, está fadado a tornar-se passado, a fragilidade de conexão de nossas experiências com os sentidos oferecidos pelo que nos antecede torna a nossa própria realidade menos sólida — feito alvenaria úmida ou madeira oca. Feito virtual.

Se estivemos sempre certos de que nossa permanência física no tempo seria curta, a partir da descoberta de que cordas de fazer lastro com o passado são a cada dia mais difíceis de estender, o alcance de tudo que construímos — e nossas casas aí se incluem — se torna mais curto. O encurtamento, por sua vez, torna os sentidos ainda mais frágeis. Frágil: uma casa que desaparece pelo apagamento porque não operamos uma reconstrução, mas uma demolição concreta [e simbólica].

Quando uma nova edificação se ergue sem produzir qualquer gancho com o que naquele espaço/terreno havia, perdemos a chance de demonstrar que a vida criada a partir do chão é na verdade um contínuo, e que as fantasias mais íntimas projetadas em forma de construção, madeira ou alvenaria, são ainda, um modo de representação.

Uma cidade que quase chega às vias de se colocar abaixo no intervalo de poucas gerações não estará apressando demais o tempo de maturação capaz de permitir uma paulatina e verdadeira reconstrução de si? Uma reconstrução contínua naquele tempo formado de muitos dias, todos eles igualmente importantes?

Os vidros do vitrô do meu quarto se partiram faz pouco tempo. Há vinte anos a massa que os juntava era fresca e, portanto, maleável. Enrijeceu com o tempo, ressequida, mas a casa, ao contrário, continuou a se movimentar. Antes os vidros acompanhavam sua dança lenta. Agora, diante da rigidez de seu suporte, eles trincam um a um. O terreno vibra quando um caminhão passa. O pedreiro assegura que uma casa nunca deixa de se acomodar ao terreno que constantemente trabalha. Nessa sequência de eventos, o pintor interveio que não se poderão pintar as novas massas da janela pelos próximos três meses, faça chuva ou sol: é preciso que repousem muitos dias para que não absorvam tinta demais e voltem a trincar.

Da alquimia particular entre os ferros, as transparências e as tintas, deparo-me uma vez mais com a regência incontornável do tempo. E algo me diz que será melhor respeitá-la; que será melhor respeitá-lo em sua sabedoria, como bem fazem pedreiro e pintor em seus ofícios tão antigos.

Até o fim do século passado, o que tínhamos, majoritariamente, eram casas. Terá sido nossa pretensão de resistência que as substituiu por tantos prédios que não se permitem derrotar por uma retroescavadeira e, verticalizados céu acima, para vir abaixo requerem a coragem de uma implosão?

A casa demolida de fora para dentro.

Os prédios demolidos de dentro para fora.

Serão coincidência tempos de tanta angústia?

Um dia o céu de estrelas não nos bastou. Espalhamos sobre a terra muitos telhados — e um dia, as telhas não nos bastaram também. Investimos céu acima, laje sobre laje. Fizemos nossos ninhos em espécie de escada. Ousamos habitar na altura dos pássaros. E descobrimos que, mesmo sem asas, nossos filhos e amores continuam a voar.

Pense em uma casa. Não precisa ser uma casa histórica, um cenário de enredos populares, algo famoso. Dê-me a mão, pelo anonimato dos seus vizinhos, pelo meu anonimato e pelo seu. Talvez nos reunamos todos diante de um céu noturno, cheio de estrelas. E quando finalmente pudermos reconhecer que ele é, ainda, o único que temos, quem sabe os beirais, calhas, rufos e lambrequins possam nos meter menos medo?

Nesse dia, talvez tenhamos feito as pazes com o abandono e, deixando de impingi-lo às casas e tudo que pareça antigo, inventemos um jeito novo de lidar com o passado e de reconstruir o presente. Porque o futuro, essa gravidez, é o filho único da paixão possível entre dois tempos.

It doesn't matter that our gaze is not apt to name the woods according to a definition less generic than simply... wood.

Whomever, one day, baptized them pinus, imbuia, Brazilian rosewood, oak or canela could recognize them by the variety—for us, it is enough to recognize the common essence, which in itself is not a small challenge in times of scarce contemplative pauses.

What matters the most, now that we overcame the obvious usefulness of the door that opens and closes, or of the walls that surround us, is the wood seen very closely—not as a whole, but as part. The wood zoomed in, to the very short distance of the eye-lens.

Such a close look, considering each knag the narrative of a specific time—and I don't mean its rings, telling its proper age. I speak of the incisions, from a time formed of many days, all of them equally important.

Splinters, also. How could I forget about them?
Those that hurt us, when they penetrate skin like a needle. Those that hurt as metaphor, because from mother-wood they detach, a small torn part, sometimes invisible, never insignificant before the whole and of it: time.

Everything in a house is correct or the pure need of being so; so, nothing in a house is out of place. That uneven door frame, the bushes moving forward wherever they move forward, the staircase with narrow steps taking one nowhere—just watch for a moment and you'll understand.

It also happens with us, with our children, with our loves. Each person, inside their body, sometimes sees themselves poorly wielded, having almost always as backer the specificity in which their objects are aligned or dispersed, things brought inside, in the limit of what is possible and in the anxiety of provision, as do the ants, the birds and all the beings that build nests.

Have you ever seen an expanded brickwall due to exposure to constant humidity? The strength of a nail is enough to rip ink out. Further on, a new small force exerted over it would be enough, and what we had as concrete would crumble. A brick house is made of clay, of sand, of lime. Of the accumulation and mixing of substances that do not cease to be basic and precarious, although together they sustain and stand still. Woods are the same. The difference is that they chip, rot, and are palatable to the termites. Pure coherence: clay and sand, in its affinity with water, dissolve; wood, in its eternal addiction of being a tree, succumbs only to the hungry anger of the termites.

Although houses and buildings seem to us the common structure, as used as we are to them, in the intimate and ancient—in essence—we continue to revere the presence of a ceiling. Because having the sky as ceiling, one day stopped being enough. We continue to revere the strength of these made up and precarious structures every time—by the specificity of our existence—we fill the space of a house—read here as a family home—with our presence made of feelings.

In a house, nothing is out of place, because our idiosyncrasies maintain among themselves a coherent dialogue that, so it can be, will almost never surrender to the order of reason. It is also in the order of the unconscious that both furniture and real estate, as movable and immovable, awaken so many different reactions in people.

The conservation drive; the devotion of some to the buildings marked for decades, the desire for preservation.
The destruction drive; the greed of some others to extinguish any trace of the past.

Have you noticed, then, that constructions are to some people machines to welcome a time located out of time, no matter their size and their shape? A time that dwells in us as individuals and as a collective?

Constructions are able to conduct a trip to the past and to fit and overlap the laminate layers of many stories, echoes in the present. The more it survives to time, the more connected to the world a construction becomes. Because the more it lasts in time, the more it reiterates the news brought by its old voice and so it makes the shelter one day created reach further. As much as real human existence that has been deposited there may evade, the territory of a house calls for housing. It insists reluctantly to bridge time and the right-here-right-now human.

When a mansion or a simple house goes to ground in the city without mourning or art in its tribute, there seems to be difficulty of its inhabitants in linking the sense of today with the sense of yesterday. Considering that today, time in which we live, is fated to become past, the fragility of the connection of our experiences with the senses offered by what became before us makes less solid our own reality—just like humid bricks or hollow wood. As if it were virtual.

If we were always certain that our physical permanence in time would be short, from the discovery that it gets everytime harder to tie knots that give us a base in what lies in the past, the reach of everything that we build—our homes included—becomes shorter. The shortening, in turn, makes the senses even more fragile. Fragile: a house that disappears by deletion, because we do not perform a reconstruction, but a concrete [and symbolic] demolition.
When a new building rises without establishing any hook with what was there in that space/terrain, we miss the chance to demonstrate that life created from the ground is actually a continuum, and that the most intimate fantasies projected in the form of construction, be it wood- or brick-based, are still a form of representation.

Isn't a city, that almost reaches the point of bringing itself down in the gap of few generations, accelerating too much the maturation time capable of allowing a gradual and true reconstruction of itself? A continuous reconstruction at that time consisting of many days, all of them equally important?

The glasses of my bedroom vitros cracked recently. Twenty years ago, the glaziers' compound that gathered them was fresh and, therefore, malleable. It stiffened with time, dried up, but the house, on the contrary, continued to move. Before, the glasses followed its slow dance. Now, given the stiffness of its support, they crack one after the other. The ground vibrates when a truck passes. The mason ensures that the house never fails to accommodate to the way the terrain constantly behaves. In this sequence of events, the painter intervened that the new compound of the window cannot be painted for the next three months, come rain or shine: they must rest many days so that they do not absorb too much paint and end up cracking again.

From the particular alchemy between the irons, the transparencies and the paints, I find myself once again under the inescapable rule of time. And something tells me that it will be best to respect it; that it will be best to respect it in its wisdom, as do the mason and the painter in their ancient crafts.

Until the end of the last century, what we had for the most part were houses. Was it our pretension of resistance that replaced them with so many buildings that won't allow themselves to be defeated by a backhoe, and, upright and into the sky, require the courage of an implosion to come down?

The house demolished from the outside to the inside.

The buildings demolished from the inside to the outside.

Times of anguish: is it a coincidence?

One day, the sky full of stars was not enough. We spread too many roofs on the earth—and, one day, the tiles won't be enough for us as well. We invested skywards, one slab over the other. We have made our nests in this kind of ladder. We dared to dwell in the height of the birds. And we found out that, even without wings, our children and beloved ones continue to fly.

Think of a house. It does not have to be a historic house, a scene of popular stories, something famous. Give me your hand, for the anonymity of your neighbors, for my anonymity and yours. Maybe we all meet in front of a night sky filled with stars. And when we are finally capable of recognizing that it is, still, the only one we have, who knows if we can be less afraid of the eaves, gutters, rafters and lambrequins?

On this day, we may make peace with abandonment, and by stopping from impinging it on the houses and everything that looks old, we will perhaps invent a new way of dealing with the past and rebuilding the present. Because the future, this pregnancy, is the only son of the passion possible between two times.

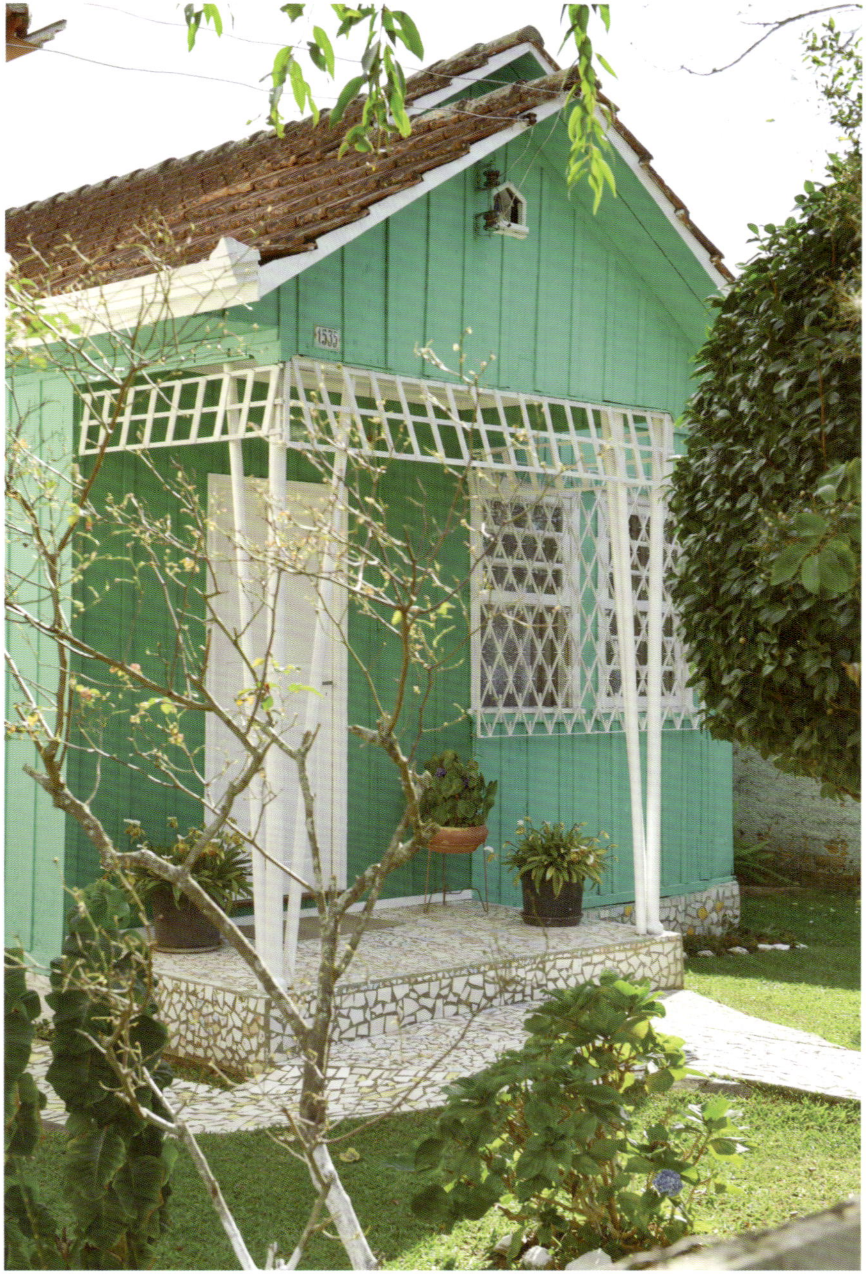
1535

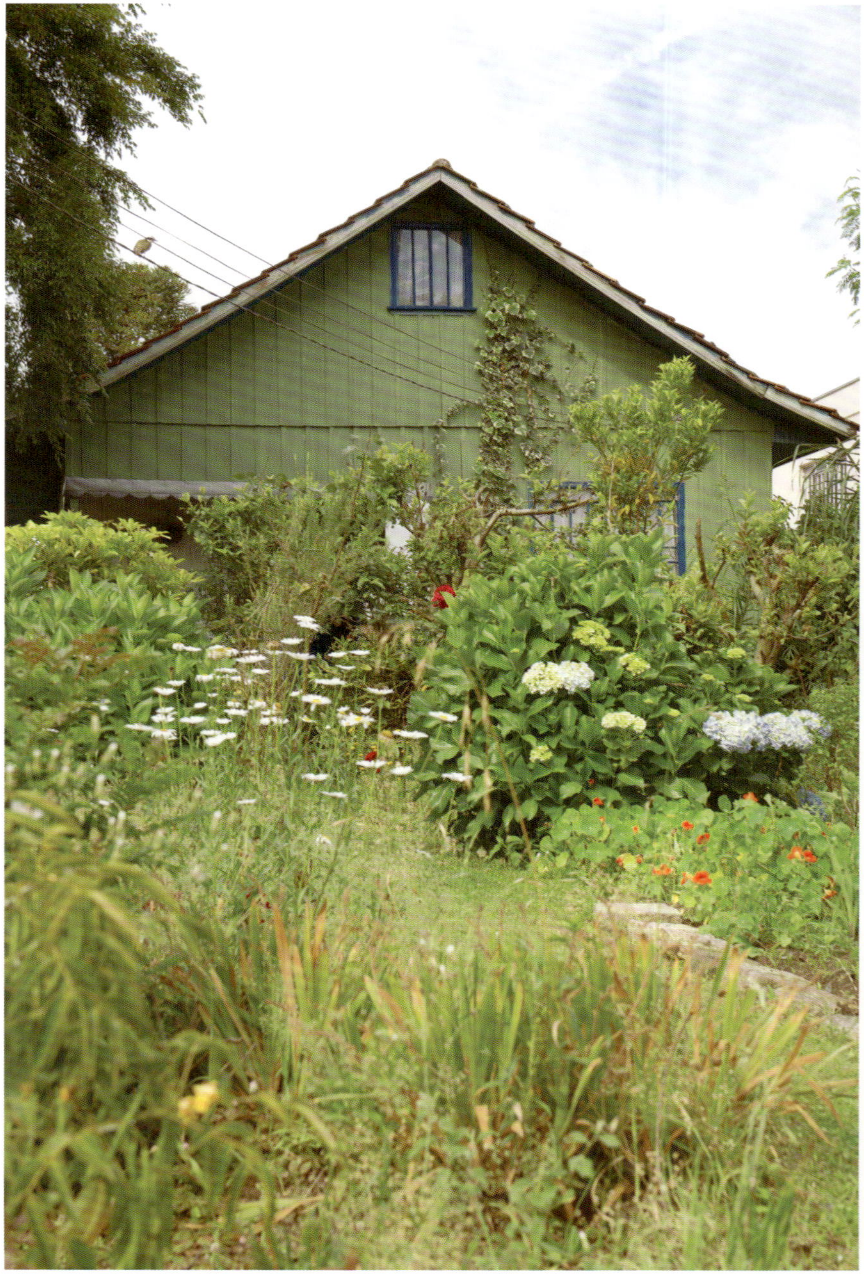

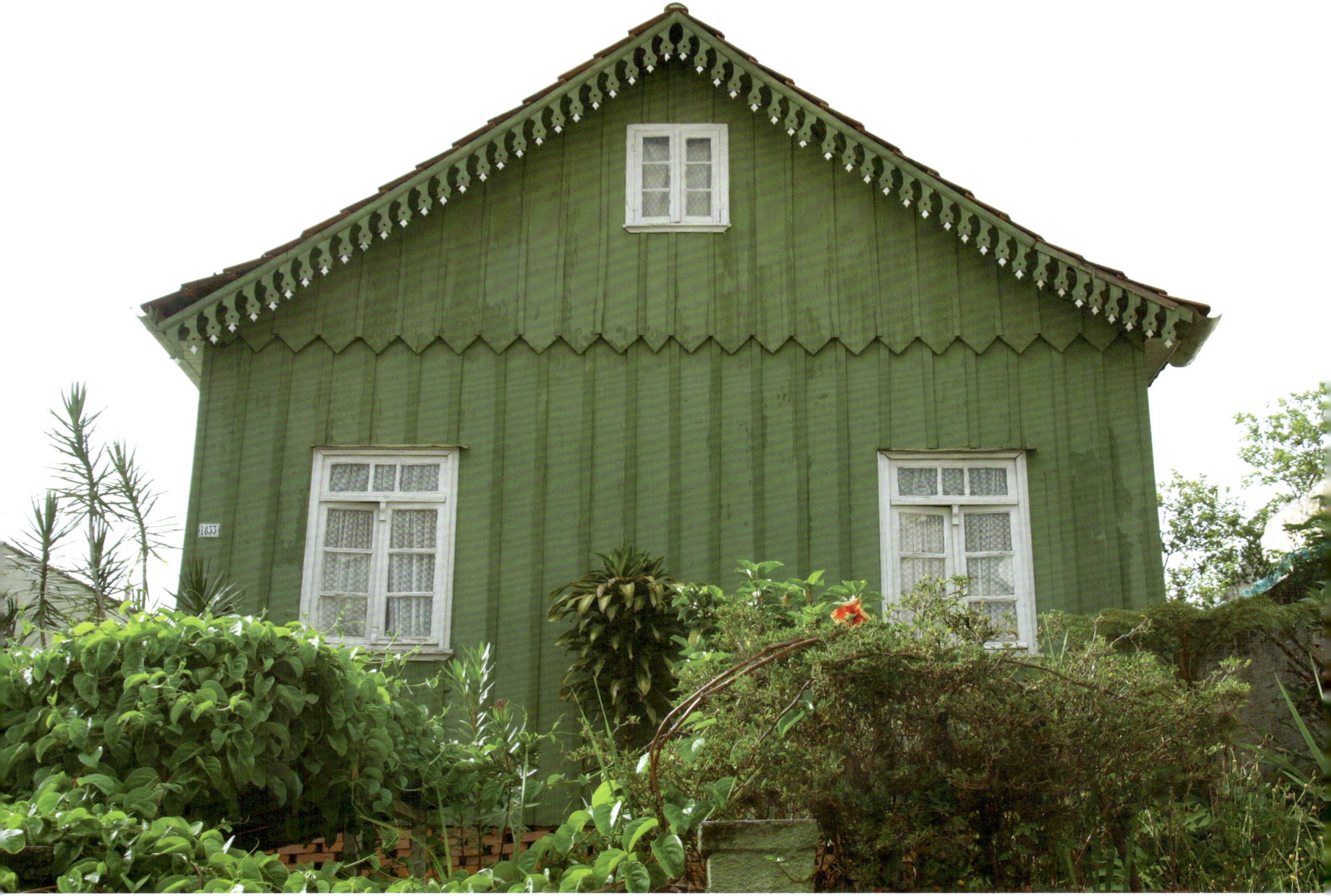

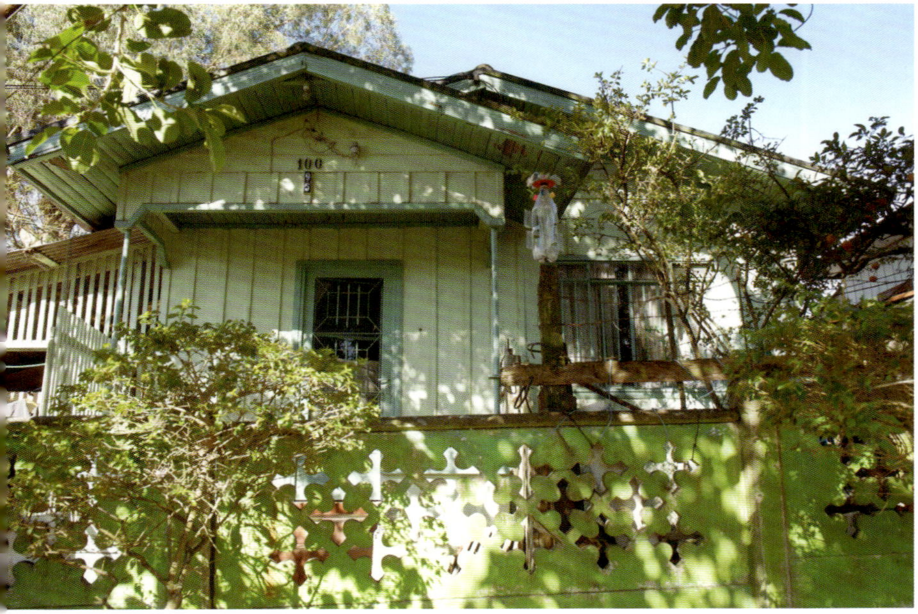
100

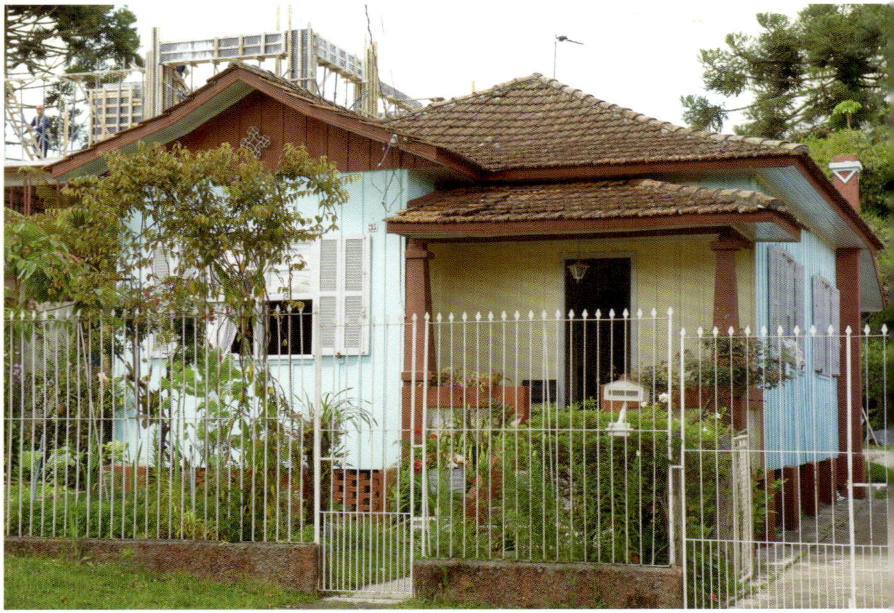

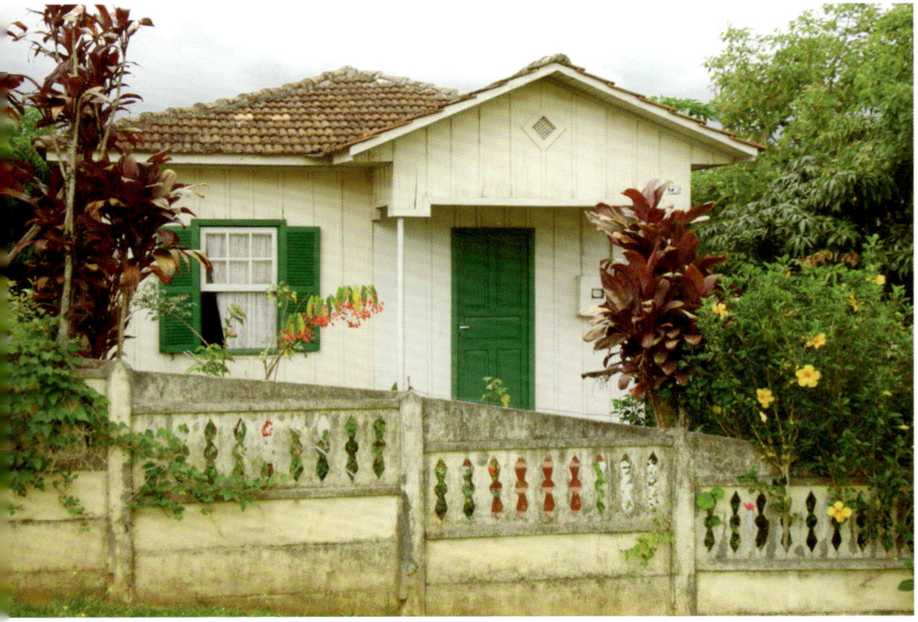

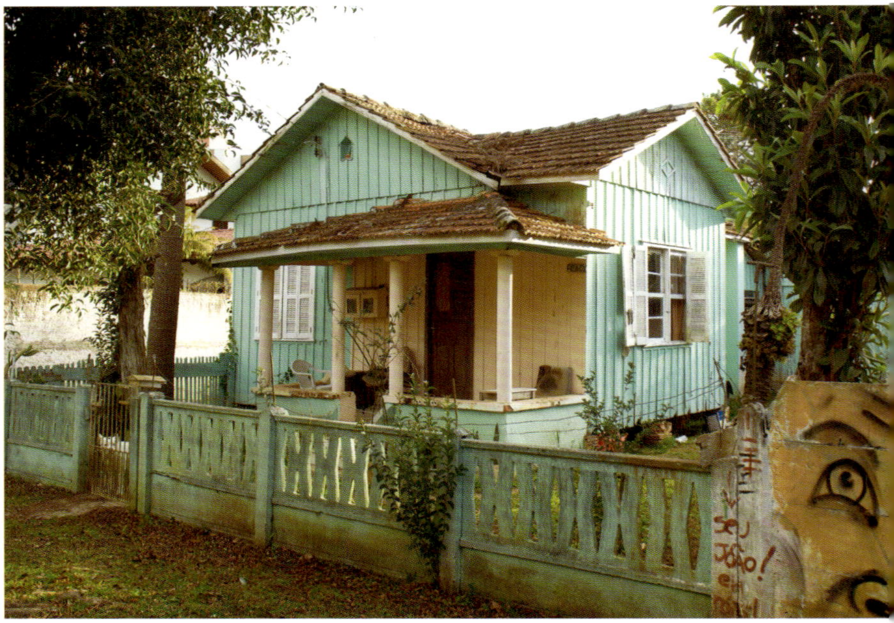

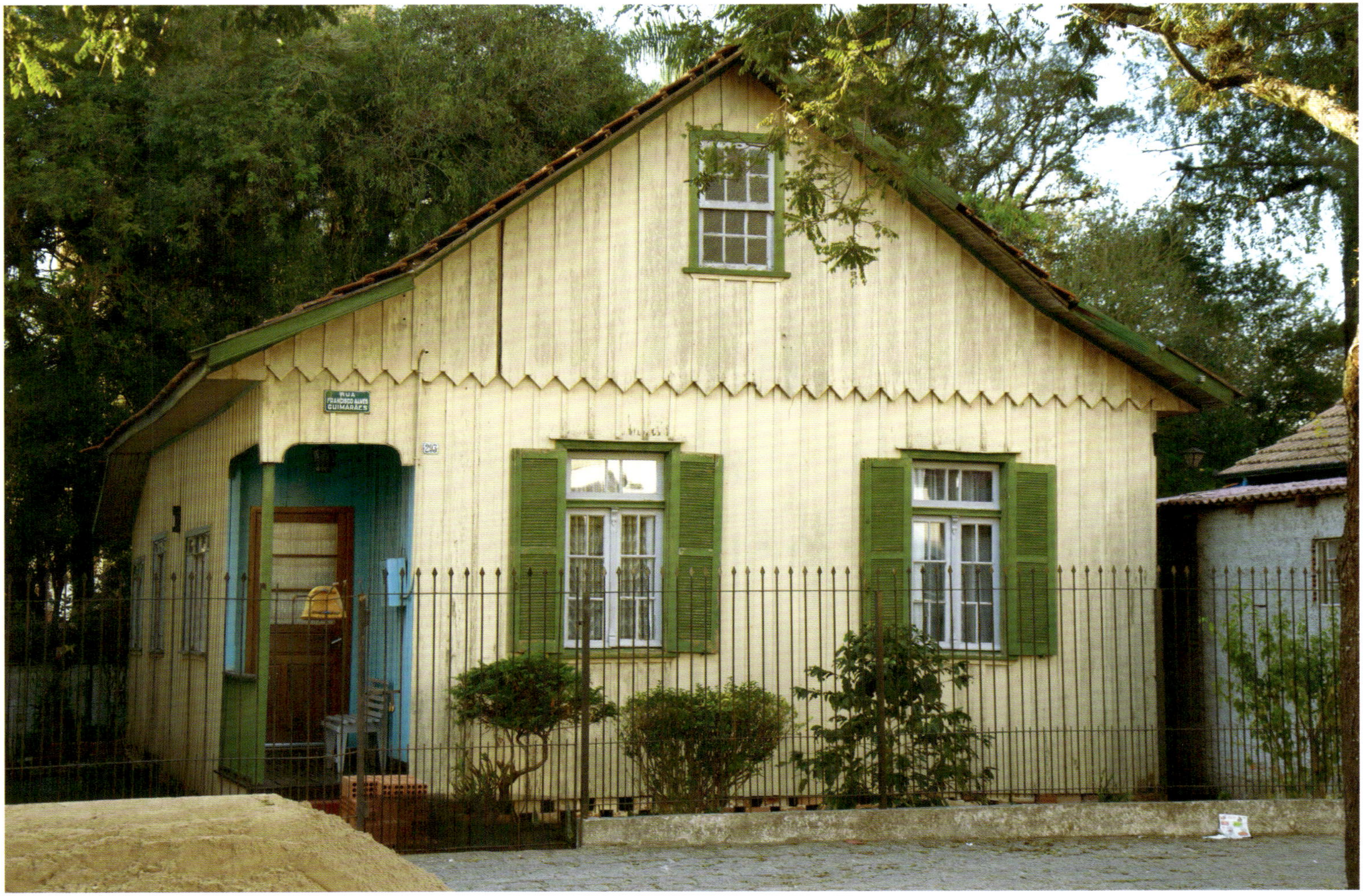

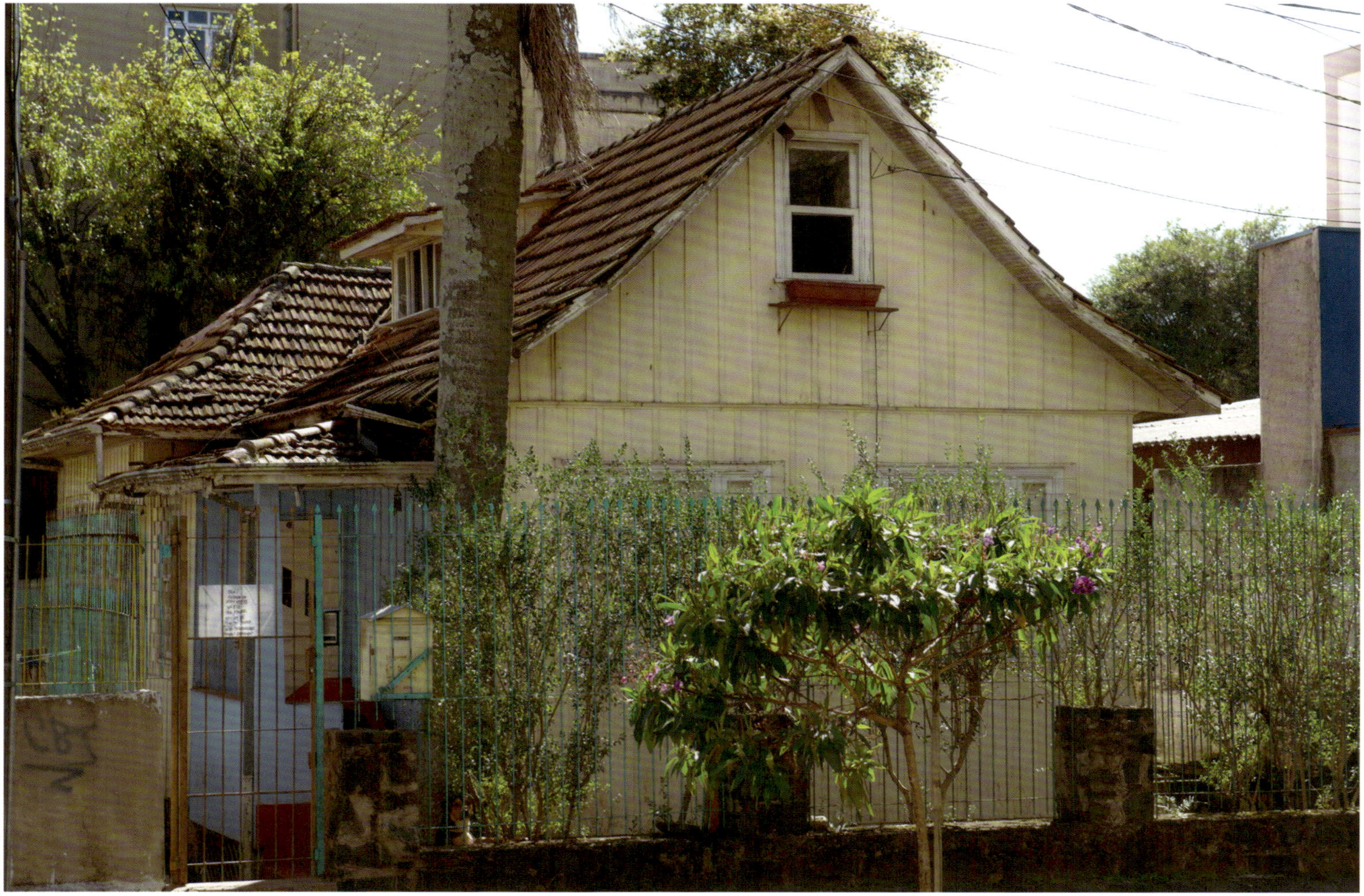

75

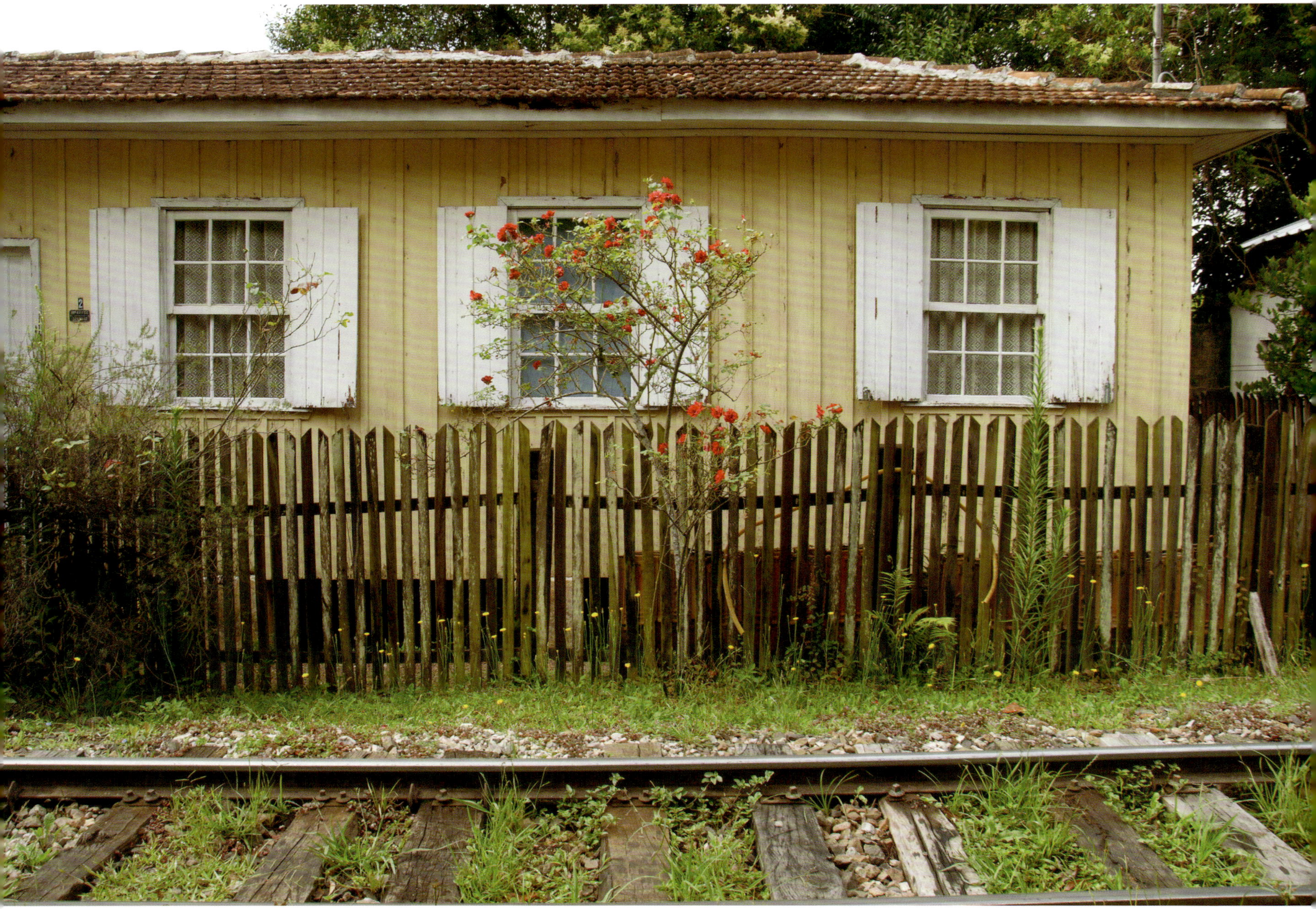

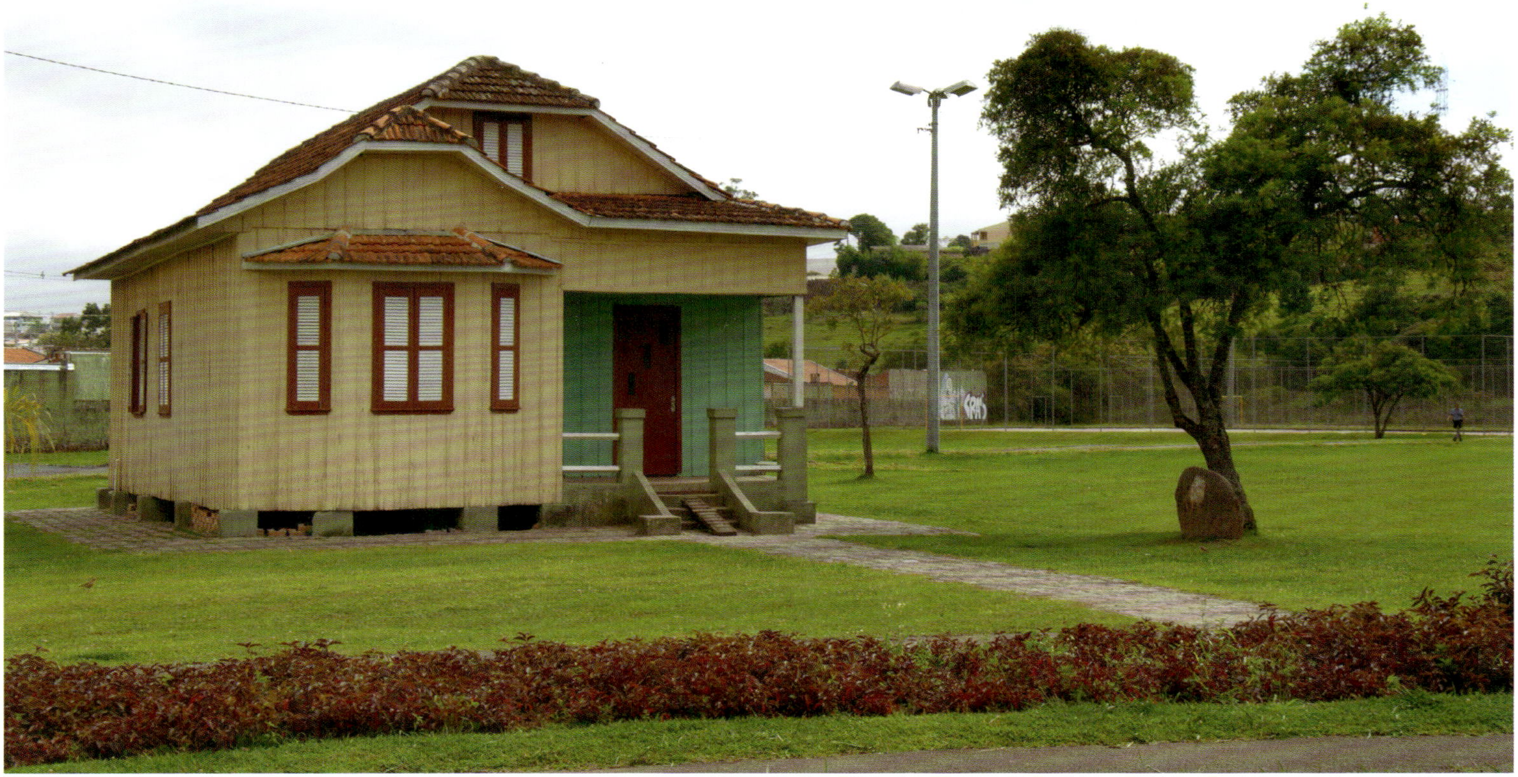

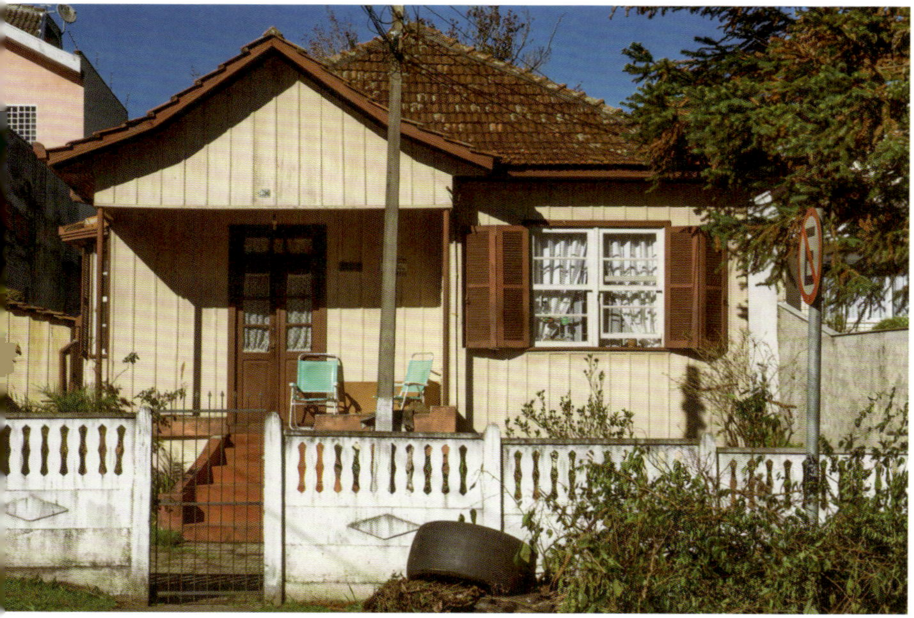
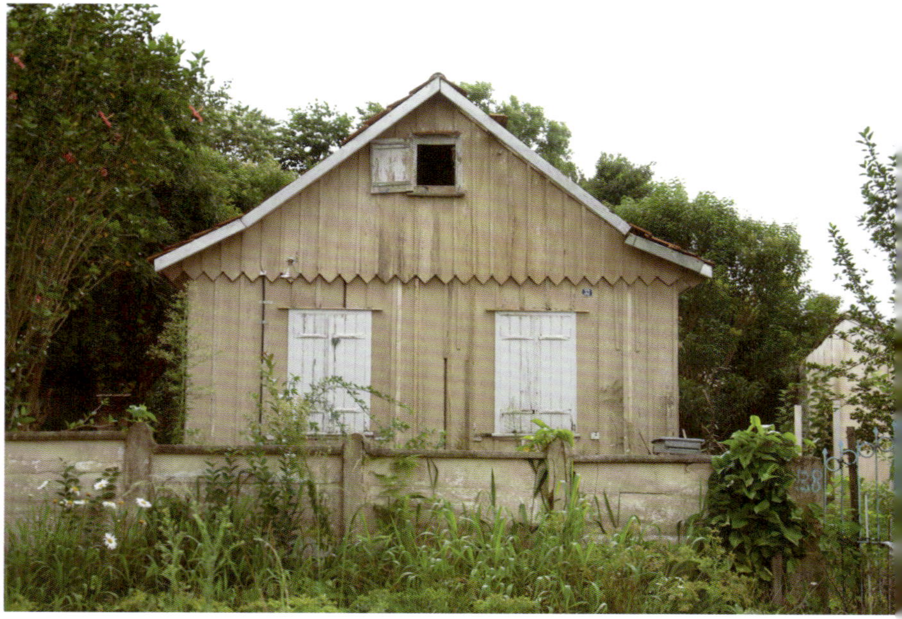
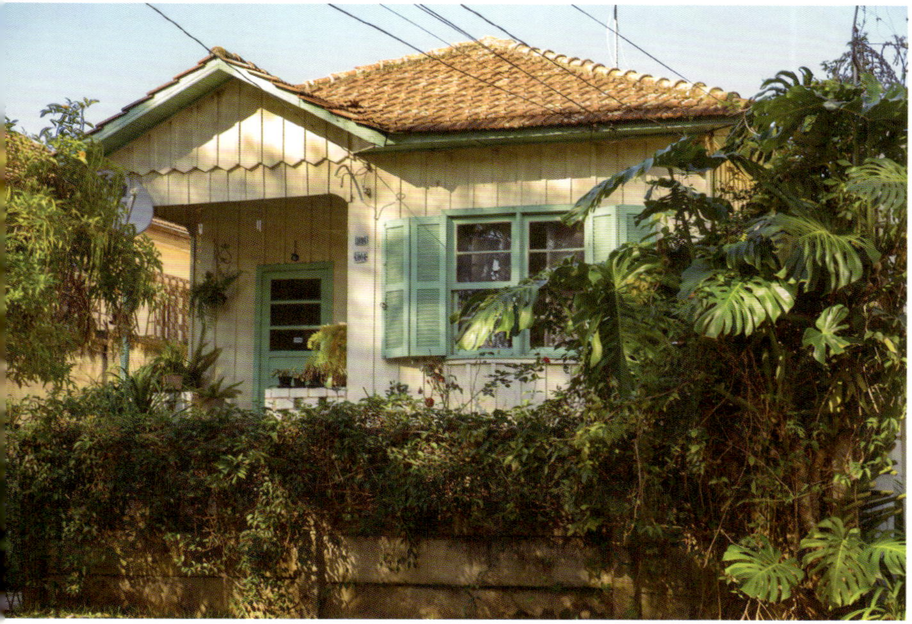
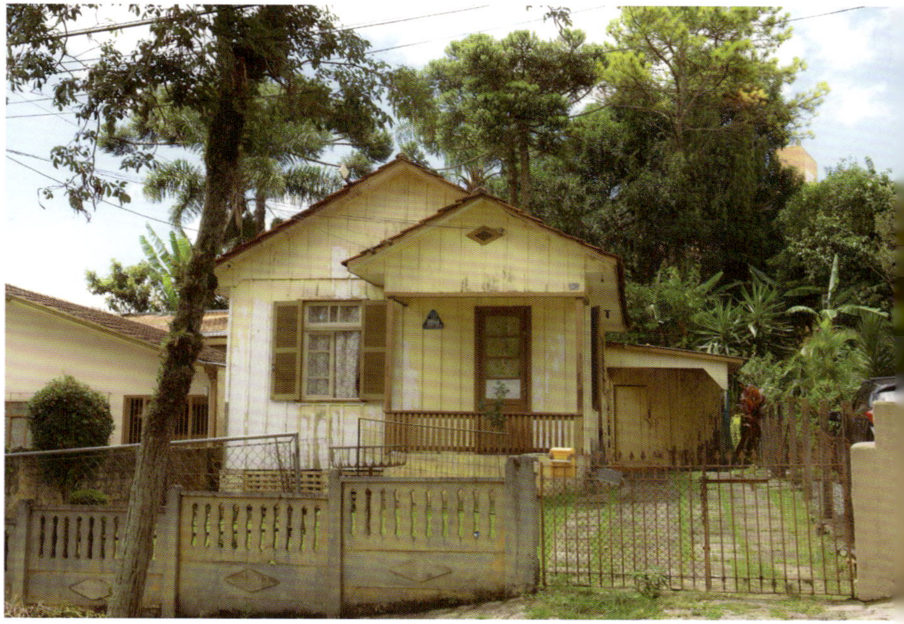

79

NOSSAS CASAS DE MADEIRA
Our wooden houses

por Key Imaguire Junior

Professores que vieram no início dos anos sessenta para dar aulas no recém-iniciado Curso de Arquitetura e Urbanismo da Universidade Federal do Paraná tentaram assimilar a cultura nativa da Vila de Nossa Senhora da Luz dos Pinhais de Curitiba morando em casas de madeira. Foi um deslize tático: de uma cidade litorânea, onde os termômetros acusam fácil e frequentemente 40ºC, para uma urbe planaltina onde a média anual era 17ºC...

No entanto, o episódio demonstra com que intensidade as casas de madeira eram tidas e havidas, em todo o Brasil, como componentes essenciais das culturas paranaense e curitibana.

A exploração das madeiras brasileiras, até fins do século XIX, foi limitada à Floresta Atlântica. Houve então a construção das ferrovias — no caso, a linha Curitiba–Paranaguá foi inaugurada em 1885 — e as madeiras paranaenses entraram nos mercados nacional e internacional. Delas, a araucária é o item principal, mas não o único. Durante os anos da Segunda Guerra Mundial, são o principal produto exportado pelo Paraná, sucedendo à erva-mate e sendo superada pelo café. Continuou muito presente e se estendeu até a descontrolada urbanização do país, nos anos sessenta e setenta, sendo então extinta.

Como assinalou Caio Prado Júnior, é um fenômeno infalível na história da economia brasileira. Seja pau-brasil, açúcar, ouro, borracha, café ou madeira: a exploração imediatista, incontrolada pelo poder público — ao qual só interessam os impostos — e, principalmente, sem qualquer investimento em tecnologia que a racionalize, conduz à falência.

A abundância fez com que a madeira da araucária fosse maltratada e desperdiçada, seja no corte, no transporte ou no uso, fazendo com que seu valor comercial despencasse. Reposição das florestas, nem pensar.

No entanto, essa depreciação teve seu lado positivo: sendo o material de construção mais barato e de fácil utilização, foi priorizado pela população que se urbanizava, vinda do interior; e também pela migração, que tem seu momento mais intenso a partir do último quartel do XIX até a Segunda Guerra.

É o período em que as cidades paranaenses são "cidades de madeira" — o que preocupa as autoridades, visto ser material combustível, e terem sido registrados grandes incêndios nas grandes cidades europeias (Londres) e americanas (São Francisco). As posturas urbanísticas buscam então dificultar o uso da madeira em regiões centrais, onde a proximidade é fator de risco, exigindo afastamentos laterais inexistentes na tradição luso-brasileira.

Pensando objetivamente em Curitiba, o crescimento e a valorização da área central expulsam as casas de madeira para os bairros que a envolvem. São as regiões hoje tradicionais da cidade, que tentam resistir à verticalização e ao adensamento, assassinos notórios da qualidade de vida proporcionada pelas casas.

Mesmo nesses bairros, agora são raras as casas de madeira: demolidas, incendiadas, eliminadas da paisagem que já dominaram. E essa é a preocupação maior: salvar alguns exemplares que demonstram o potencial da madeira, mesmo sem recurso a tecnologias que, nos países civilizados, são comuns.

Casa Domingos do Nascimento (IPHAN), Casa da Estrela (PUC), Casa Erbo Stenzel (abandonada pela segunda vez e incendiada) — isso é menos que insuficiente, é uma miséria cultural que nos envergonha. São apenas referências a um episódio histórico consolidador do Paraná e de Curitiba — que não se resume, evidente, às casas de madeira, mas do qual elas são o episódio mais elaborado, mais representativo, mais presente.

São produção regional, cultura nascida e crescida no que já foi a área de domínio da araucária — a globalização neoliberal nega os valores culturais, principalmente se regionais.

As poucas casas remanescentes são testemunho de sustentabilidade, mesmo antes de essa palavra ser inventada. São urbanisticamente cordiais, bonitas, charmosas — e talvez por isso um mercado imobiliário que só consegue construir mediocridades agressivas tenha tanta pressa de exterminá-las.

Teachers who came in the early 1960s to teach at the newly founded course of Architecture and Urban Design of the Federal University of Paraná tried to assimilate the native culture of the "Village of Our Lady of the Light of the Pines of Curitiba", living in wooden houses. Tactical flaw: from a coastal city, where the thermometers easily and frequently mark 30ºC, to a planaltine city where the annual average temperature was 17ºC...

However, the episode demonstrates the intensity the wooden houses were taken with and seen, all over Brazil, as essential components of the culture of Paraná, and of Curitiba particularly.

The exploitation of Brazilian woods until the late nineteenth century was limited to the Atlantic Forest. Then, there was the construction of the railroads—in this case, the Curitiba-Paranaguá road was inaugurated in 1885—and the woods from Paraná entered the national and international markets. Of them, Araucaria or Brazilian Pine is the main item, but not the only one. During the Second World War, it became the main product exported by Paraná, succeeding the yerba mate and being surpassed by coffee. It continued to be very present and extended up to the uncontrolled urbanization of the country, during the 1960s and 1970s, being then extinguished. It is an infallible phenomenon in the history of the Brazilian economy. Whether it be brazilwood, sugar, gold, rubber, coffee or wood: the immediate exploitation, uncontrolled by the public power—to which only taxes are of interest— and especially, without any investment in technology to rationalize it, leads to bankruptcy. Abundance caused Araucaria wood to be mistreated and wasted, whether during cut, transportation or use—causing its commercial value to plummet. Reforestation? No way.

However, this depreciation had its positive side: being the cheapest and a very easy to use construction material, it was prioritized by the population that was becoming urbanized, coming from the interior; and also by the migration, which had its most intense moment from the last quarter of the nineteenth century until the Second World War.

This is the period in which the cities of Paraná are "wooden cities"—worrying the authorities, since wood is a combustible material and great fires in big European cities (such as London) and North American cities (such as San Francisco) have remained in the public memory. Urban positions were those of trying to hinder the use of wood in central regions, where proximity is a risk factor, requiring lateral clearance that is not part of the Portuguese-Brazilian tradition.

Thinking objectively of Curitiba, the growth and appreciation of the central area expelled the wooden houses to the neighborhoods that surround it, which, today, are the traditional regions of the city, trying to resist verticalization and densification, notorious killers of the quality of life of the houses. Even there, the wooden houses became rare: demolished, burned down, eliminated from the landscape they have already mastered.

And that is the hardest part: saving a few examples that demonstrate the potential of wood, and which have been made even without the use of technologies that are common in civilized countries, is still poor.

Casa Domingos do Nascimento (IPHAN—The National Historic and Artistic Heritage Institute) and the Casa da Estrela (PUC—The Pontifical Catholic University), Casa Erbo Stenzel (abandoned and burned) — are, still, much less than sufficient. They are references to the historical consolidating episode of Paraná and Curitiba—which is not summed up to wooden houses, obviously, but from which they are the most elaborate, most representative, most present episode.

They are regional production, culture born and raised in what was once the area of Araucaria domination—the denial of the neoliberal values of globalization.

The few remaining are a testimonial to sustainability, even before that word was invented. They are urbanistically friendly, beautiful, charming. Perhaps, this is why a real estate market that can only build aggressive mediocrities is in such a hurry to exterminate them.

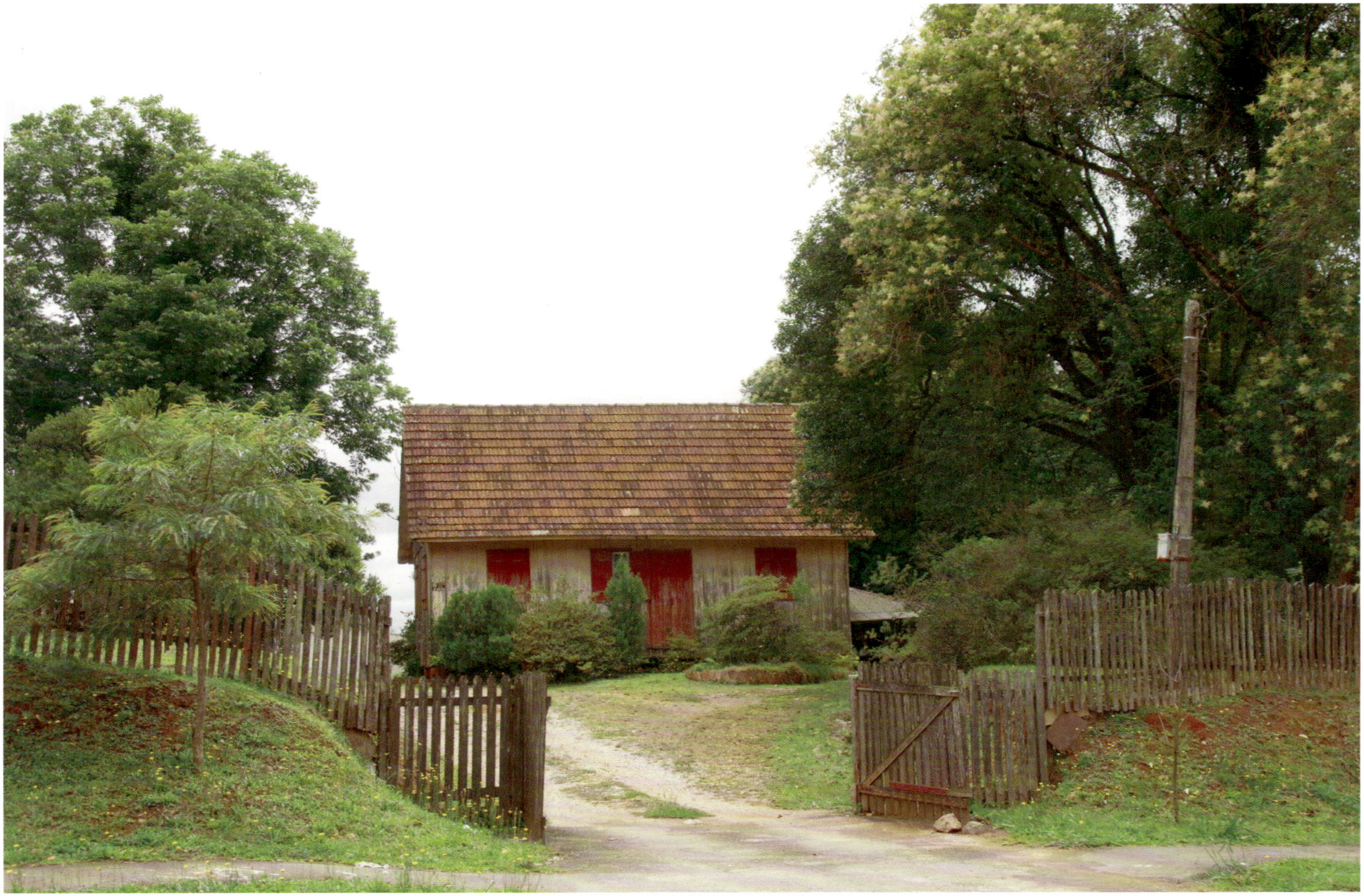

87

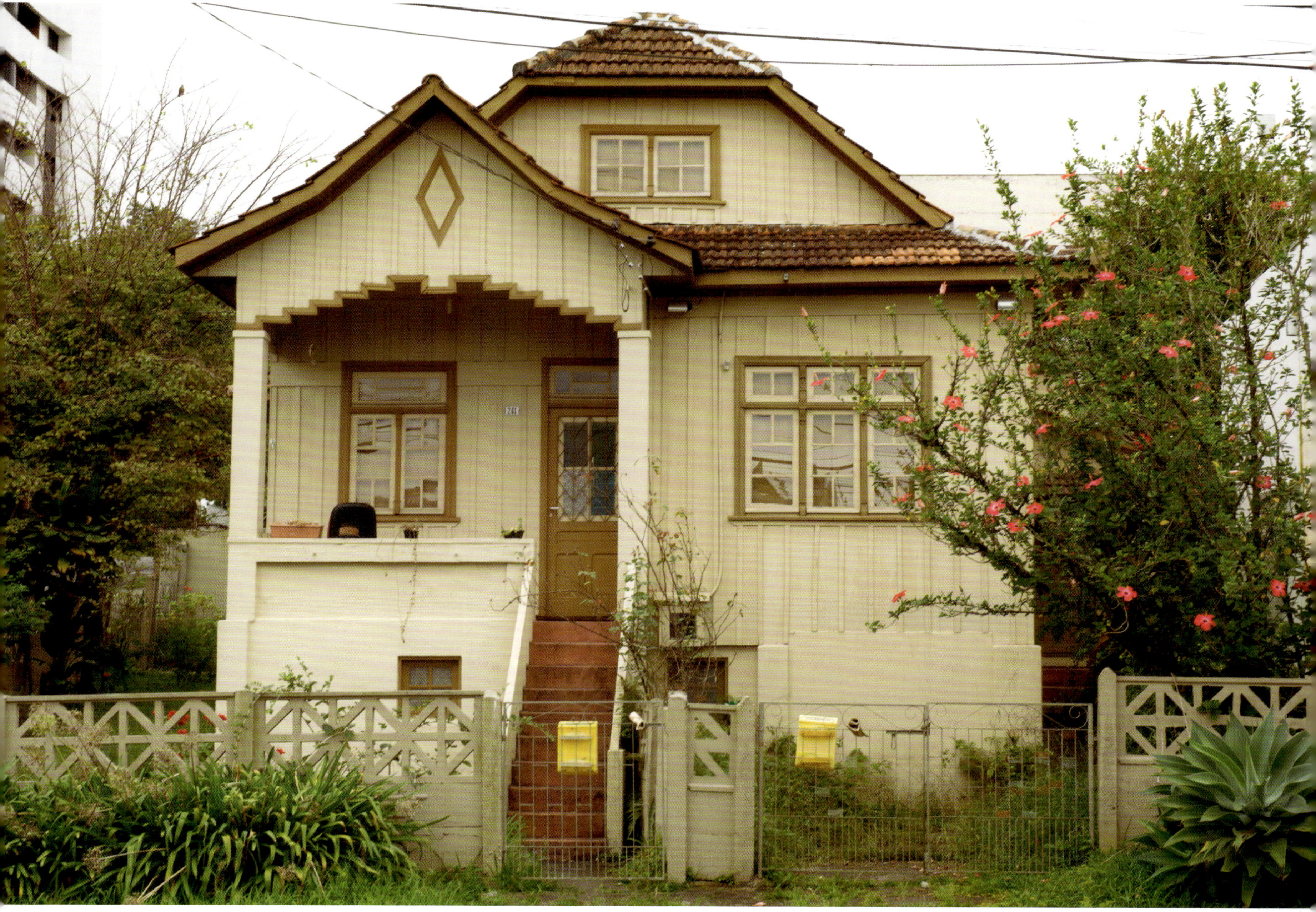

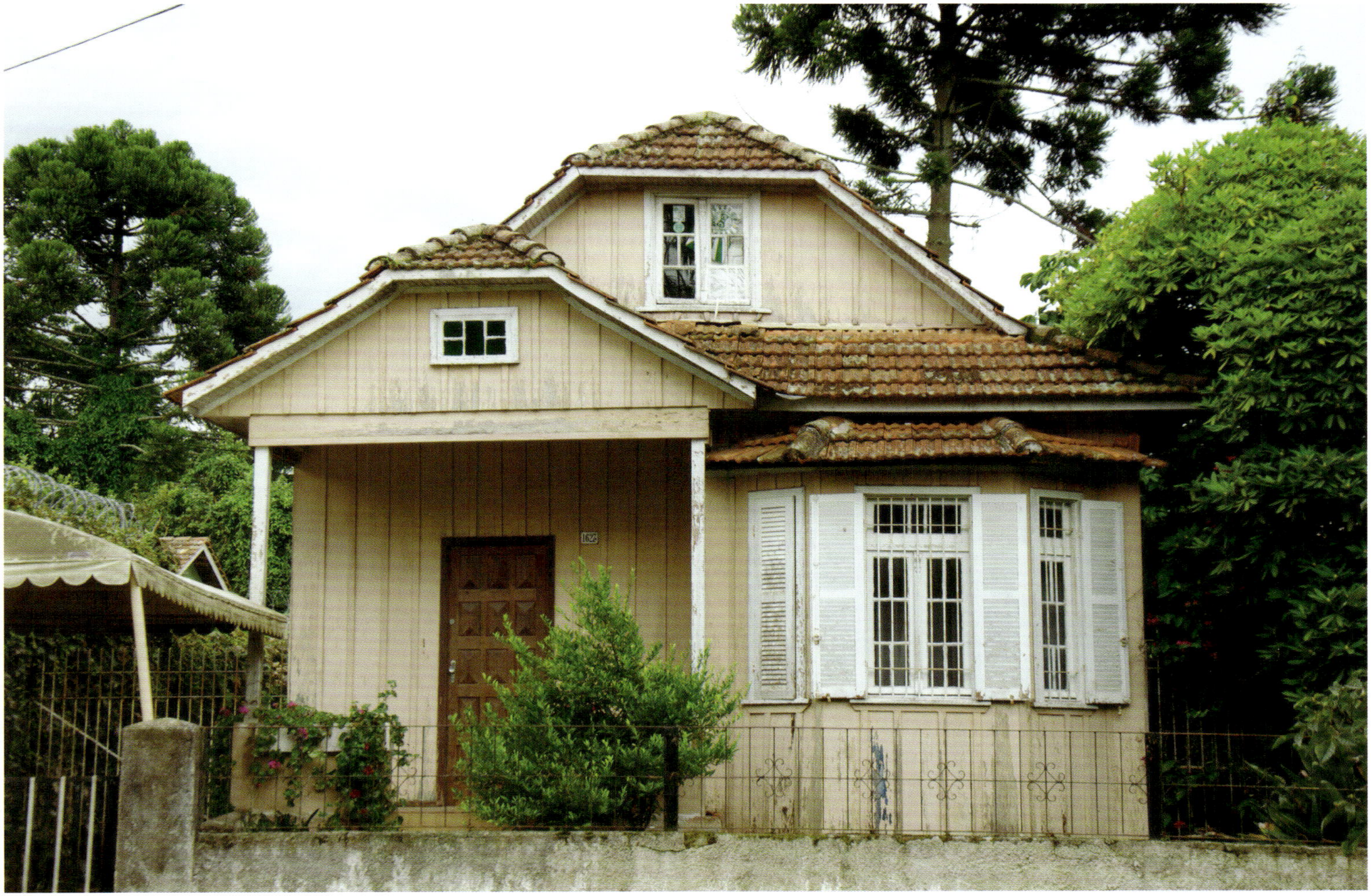

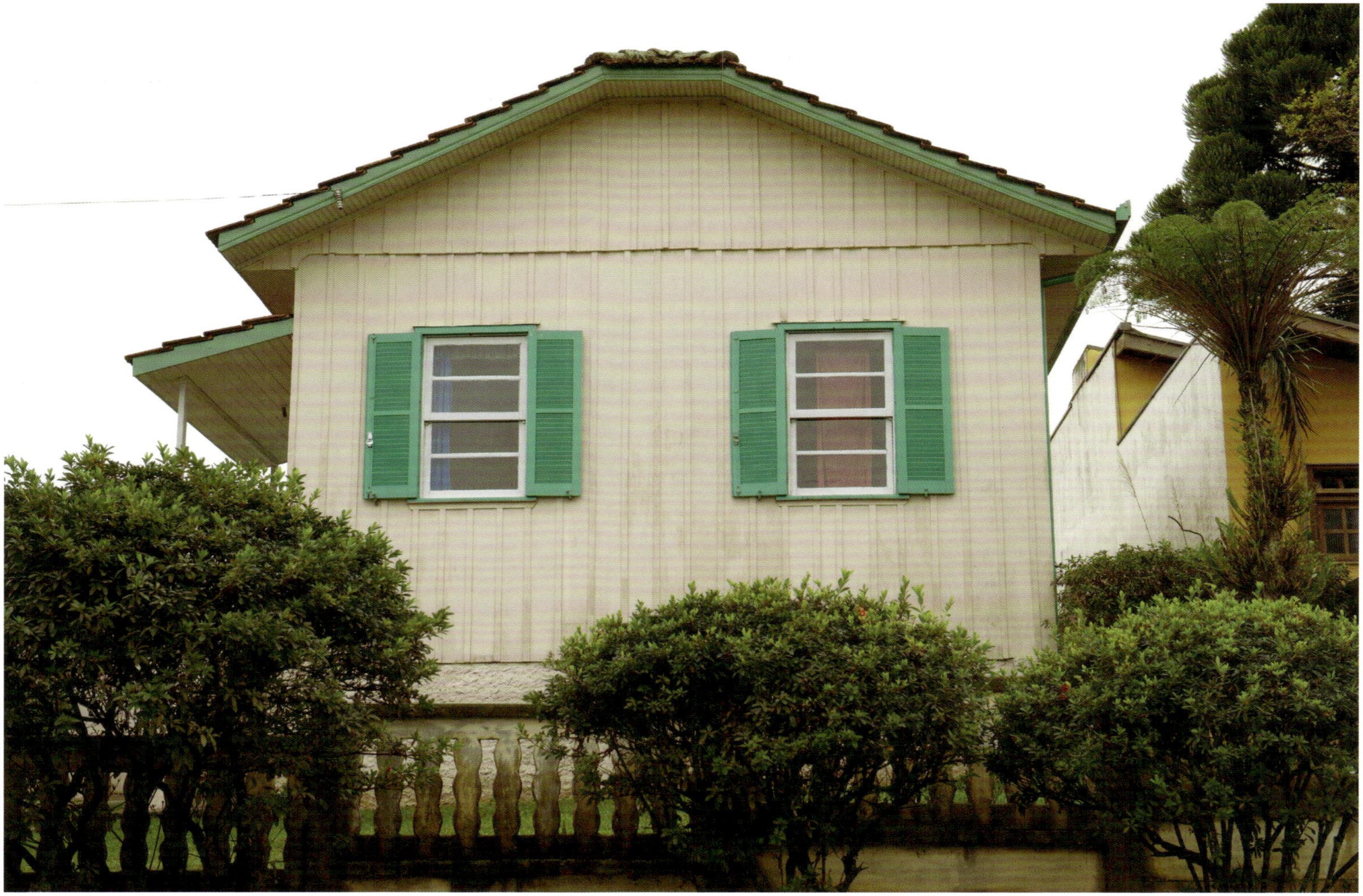

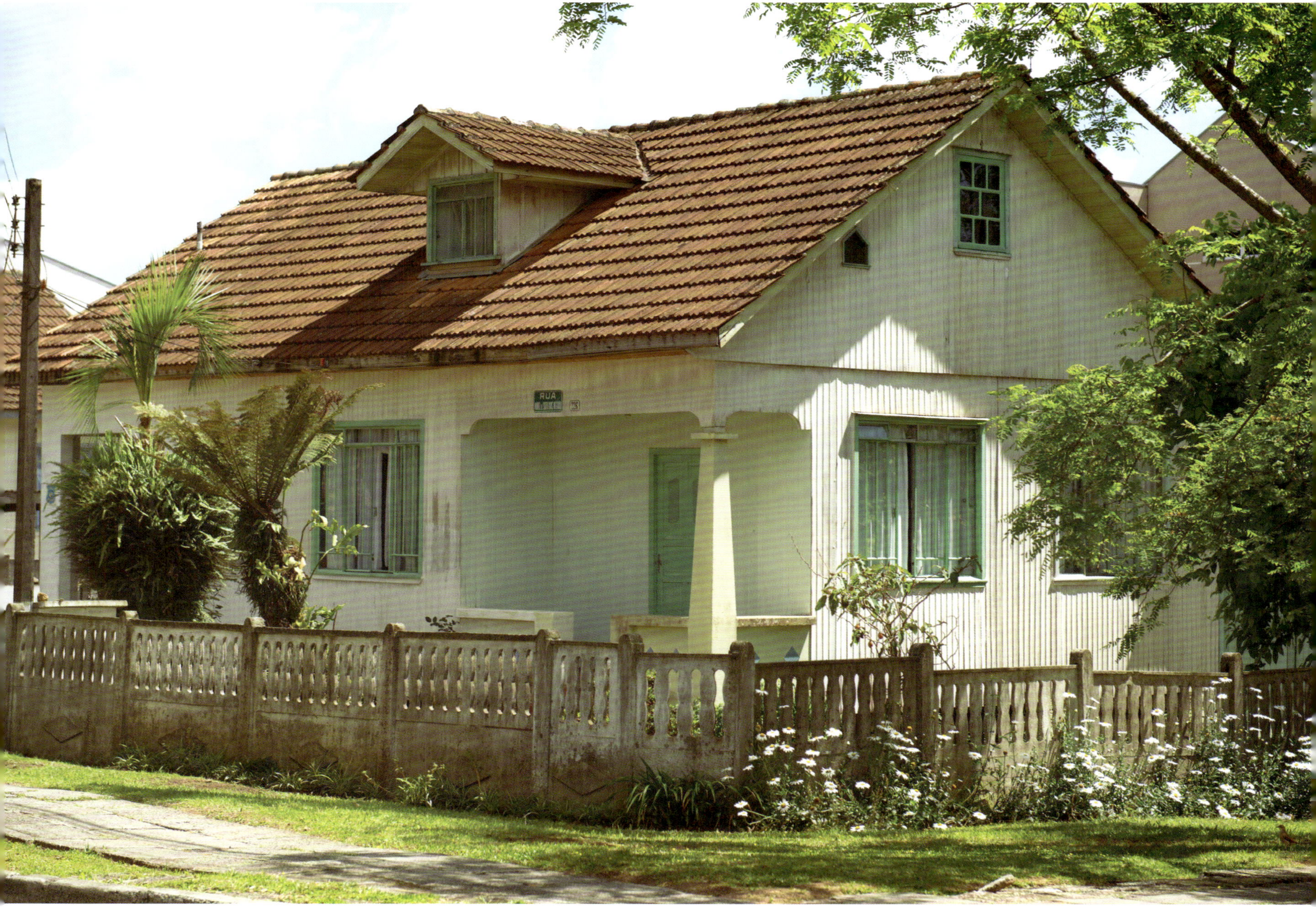
RUA

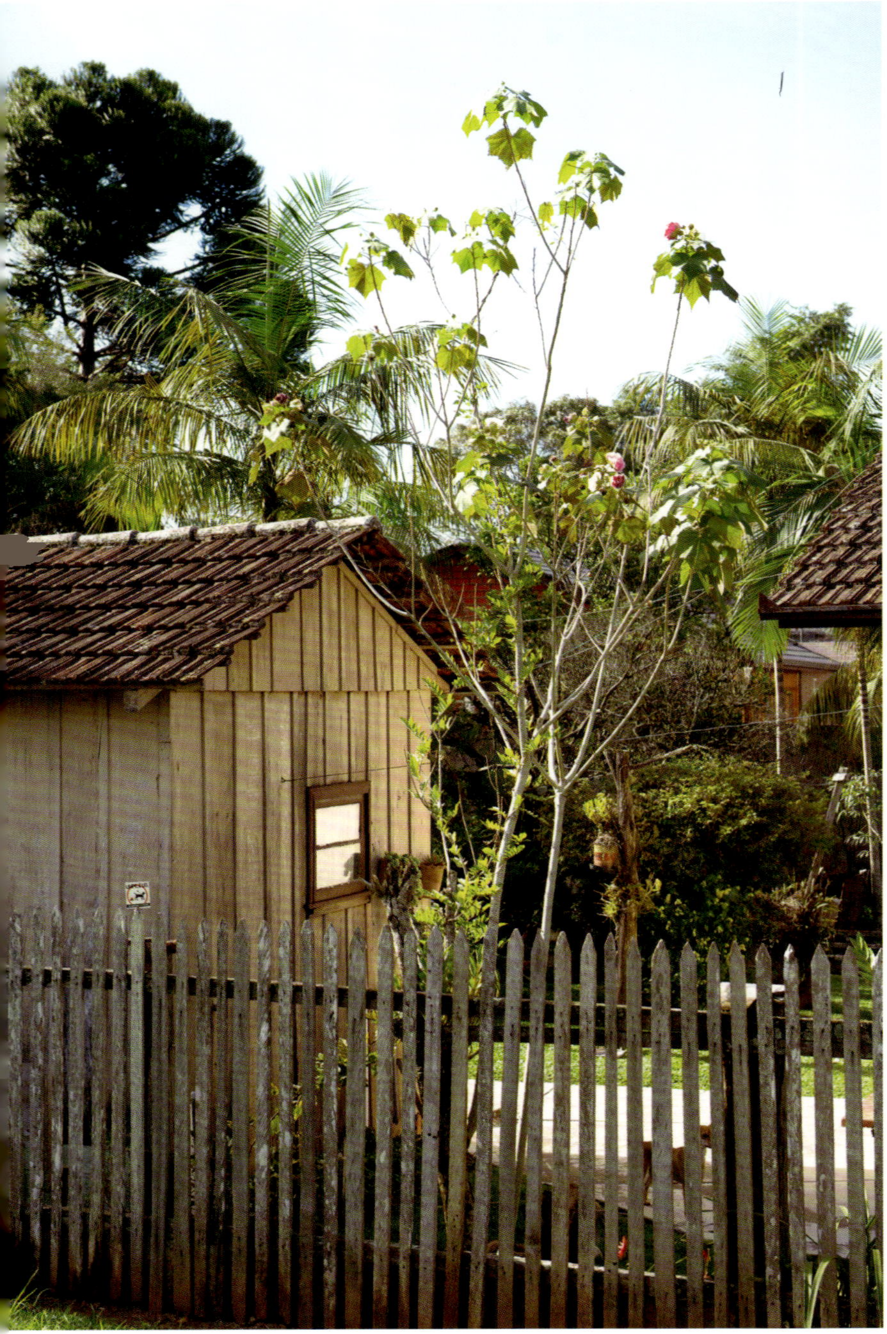

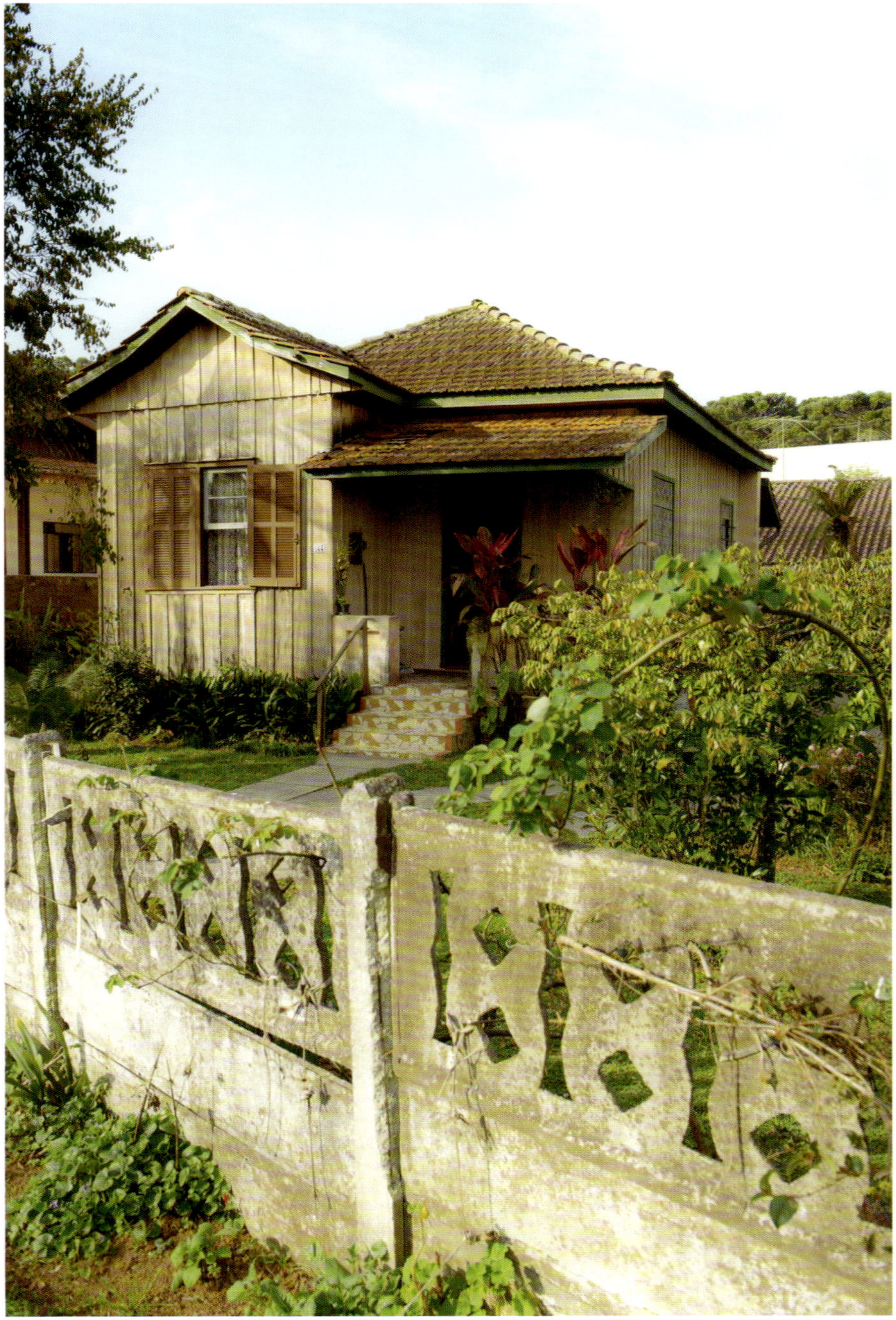

93

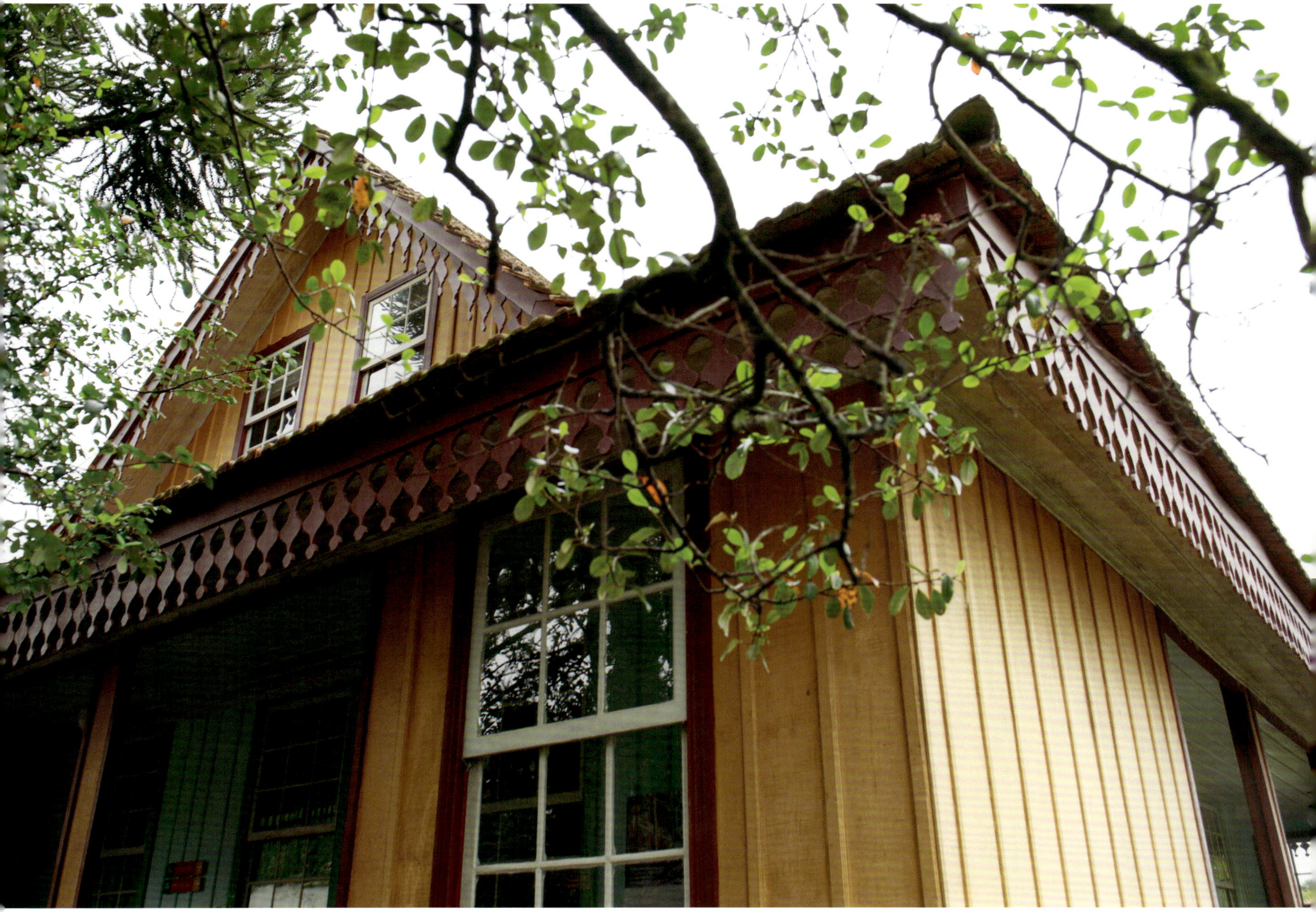

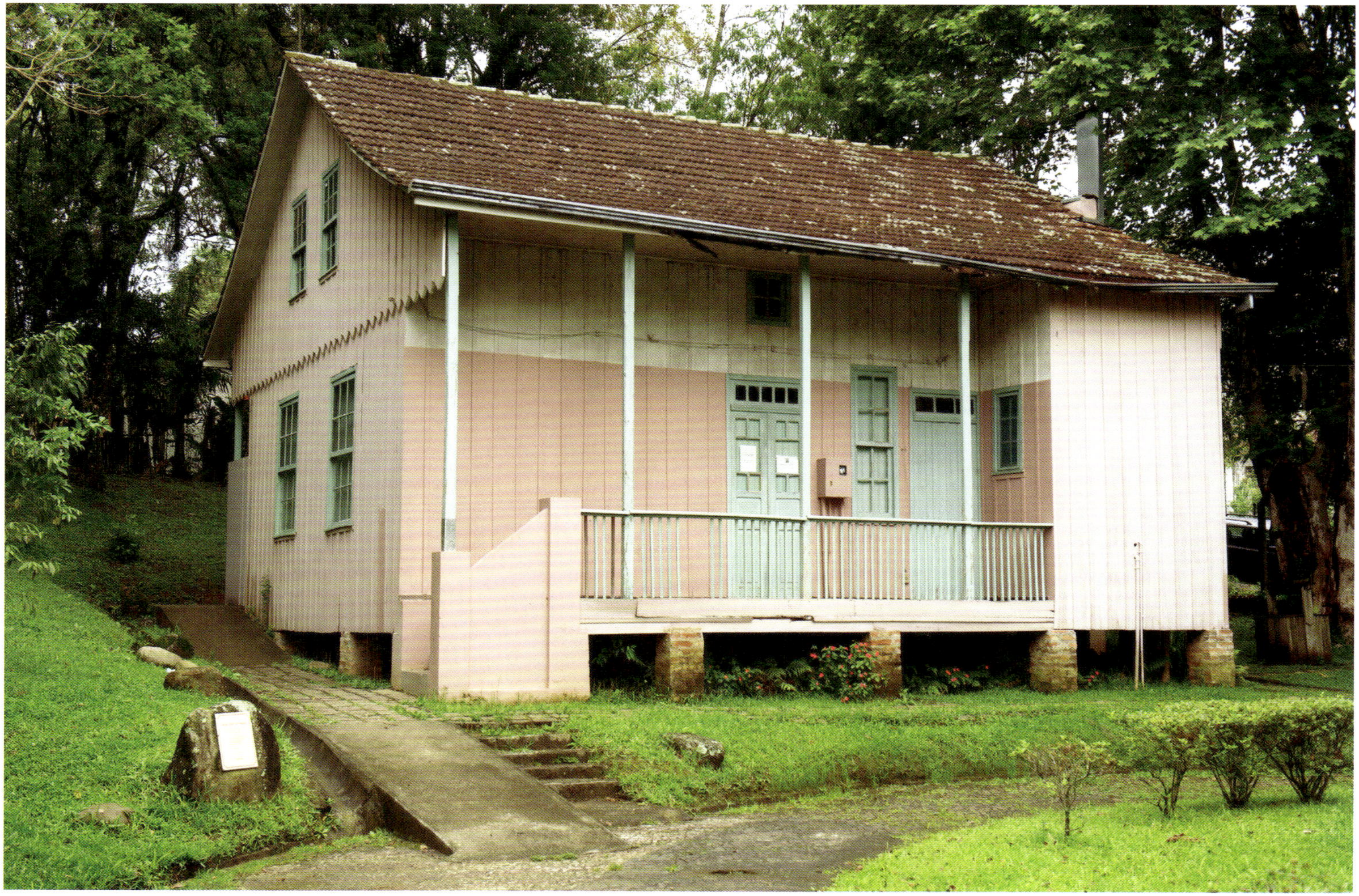

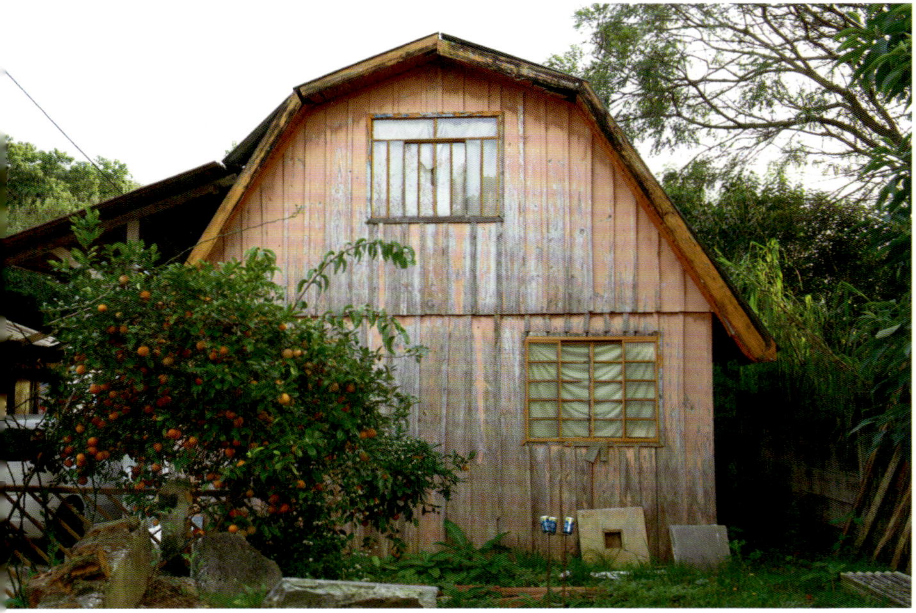
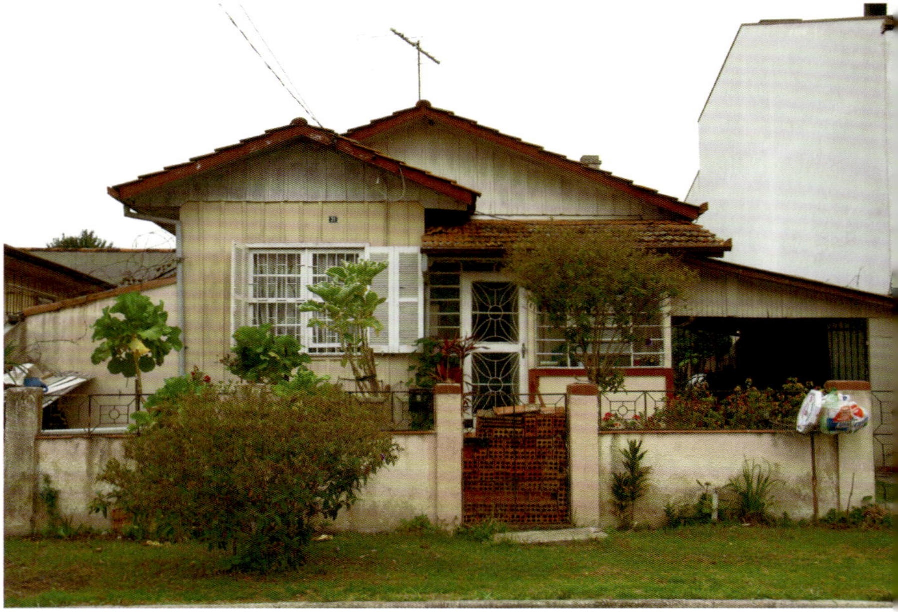
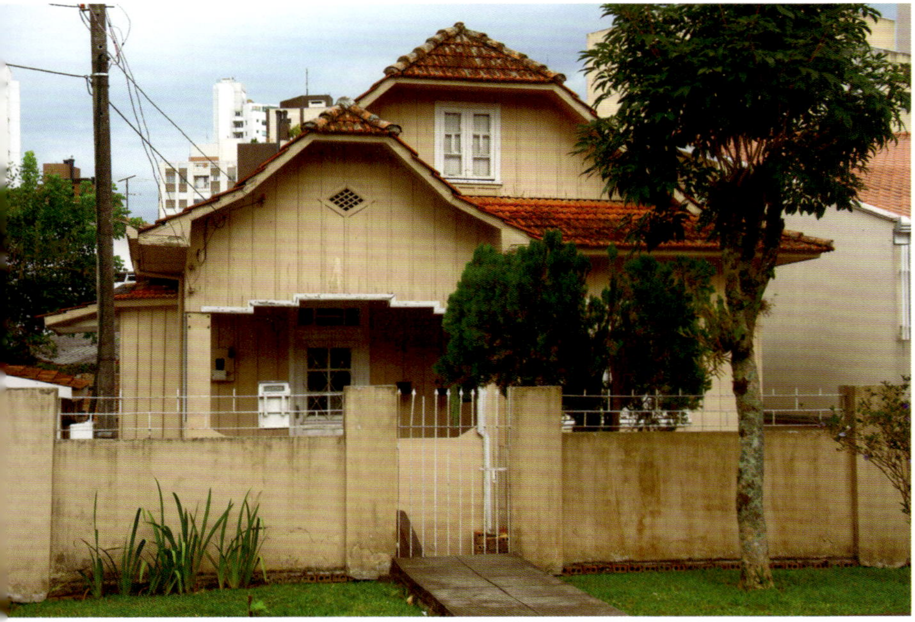
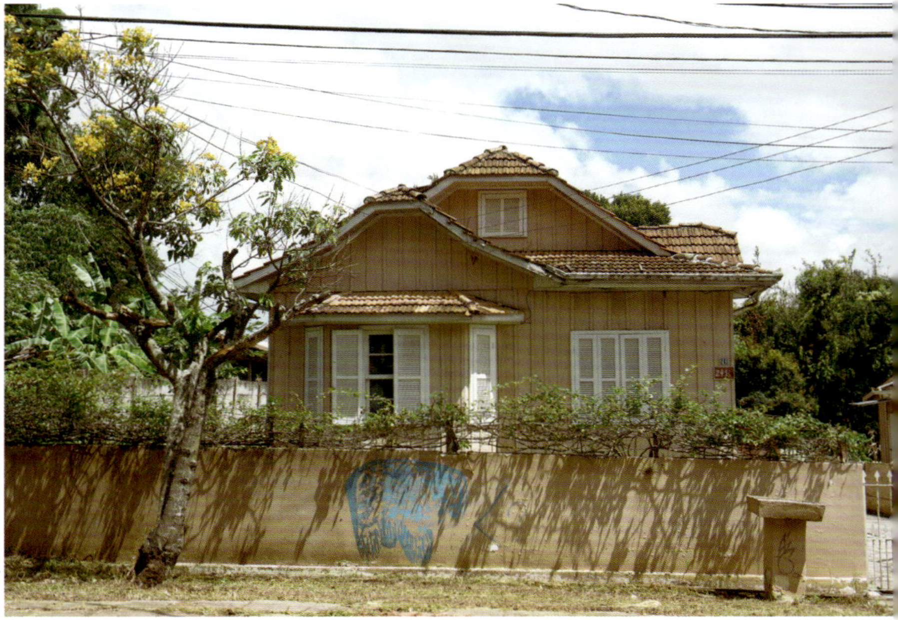

97

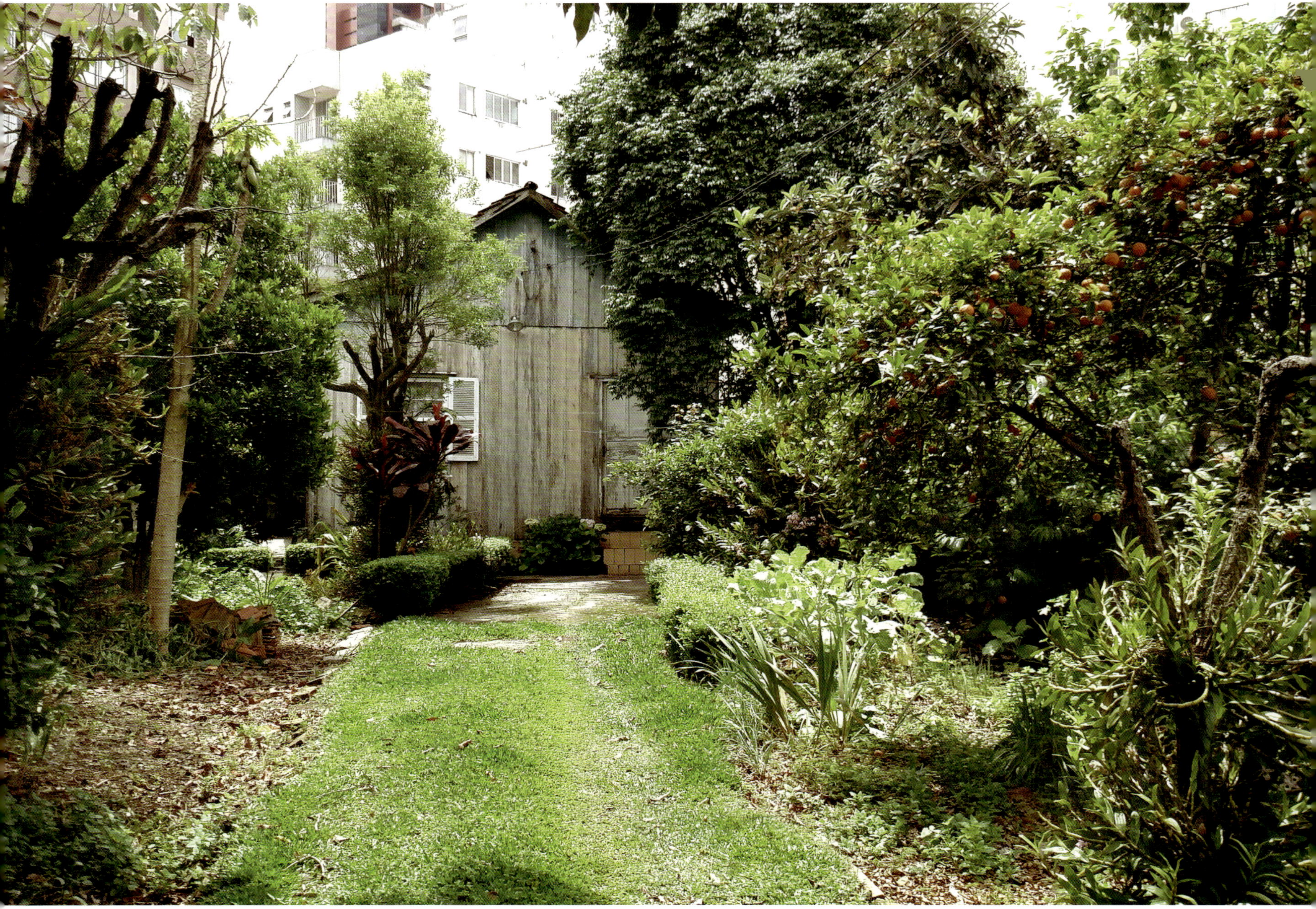

99

LAMBREQUINS
Lambrequins

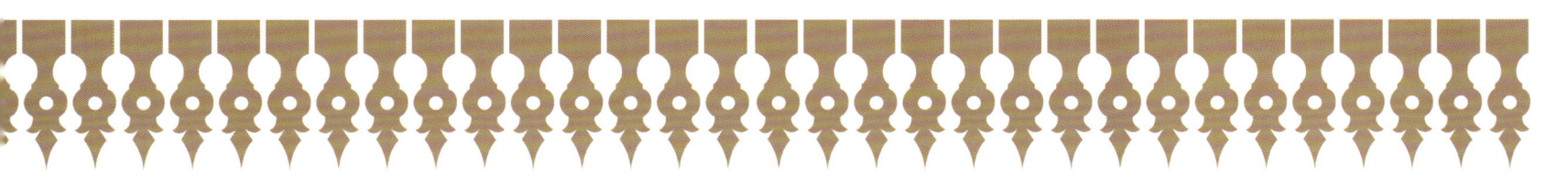

por Radamés Manosso

In my Curitiba
there is a wooden house.
On the balcony, with a brick parapet,
the fern, the cage and the canary,
better than any radiogram.
The ceiling, needlessly tilted
for this climate with no snow
houses the low attic where
three generations piled secrets.
The brick pillars keep it suspended.
In the gap created below the floor
the icy wind gallops like a Hun,
the remains, of a life, are stored
and litters of fleecy mutts are born.
The eaves drip lacy lambrequins.
Stalactites of nostalgia?
Tears from the past?
In the living room, the hand painted oval frame.

The eternal couple solidifies the home.
A narrow chimney
unfolds skeins of smoke.
The economic stove heats the chills of the soul
with good bracatinga embers.
Through the kitchen window
nanny, with a scarf on her head, spies along
waiting for the one who won't come.
On the bedroom wall, Christ with his heart on fire
takes heed of us all, even those with a broken soul.

Time or another, this house passes
through the window of the hasty bus.
Passes at a glance, and lags behind,
I don't know where, I don't know when.
Decrepit, some lambrequins are missing at the eaves.
The house smiles, its toothless smile,
at the Curitiba express.

Na minha Curitiba
tem uma casa de madeira.
Na varanda, com mureta de alvenaria,
a samambaia, a gaiola e o canário,
melhor que qualquer radiola.
O teto, desnecessariamente inclinado
para o clima sem neve
abriga o sótão baixo onde
três gerações empilharam segredos.
Os pilares de tijolo a mantêm suspensa.
No vão que se cria abaixo do piso
o vento gelado galopa como um huno,
guardam-se restos de uma vida
e nascem ninhadas de vira-latas pulguentos.
Do beiral pingam lambrequins rendados.
Estalactites de saudade?
Lágrimas de passado?
Na sala, o quadro oval colorido a mão.

O casal eterno solidifica o lar.
Uma chaminé estreita
desenrola novelos de fumaça.
O fogão econômico aquece os calafrios da alma
com brasa boa de bracatinga.
Pela janela da cozinha
uma iaiá com lenço na cabeça espia longamente
à espera de quem não vem.
Na parede do quarto o Cristo com coração em chamas
olha por todos, até pelos de alma rota.

Vez ou outra esta casa passa
pela janela do ônibus ligeiríssimo.
Passa de relance e fica para trás,
não sei onde, não sei quando.
Decrépita, alguns lambrequins faltam no beiral.
A casinha sorri seu sorriso banguela
para o curitibano expresso.

ILUSTRAÇÃO DE JOÃO PAULO DE CARVALHO

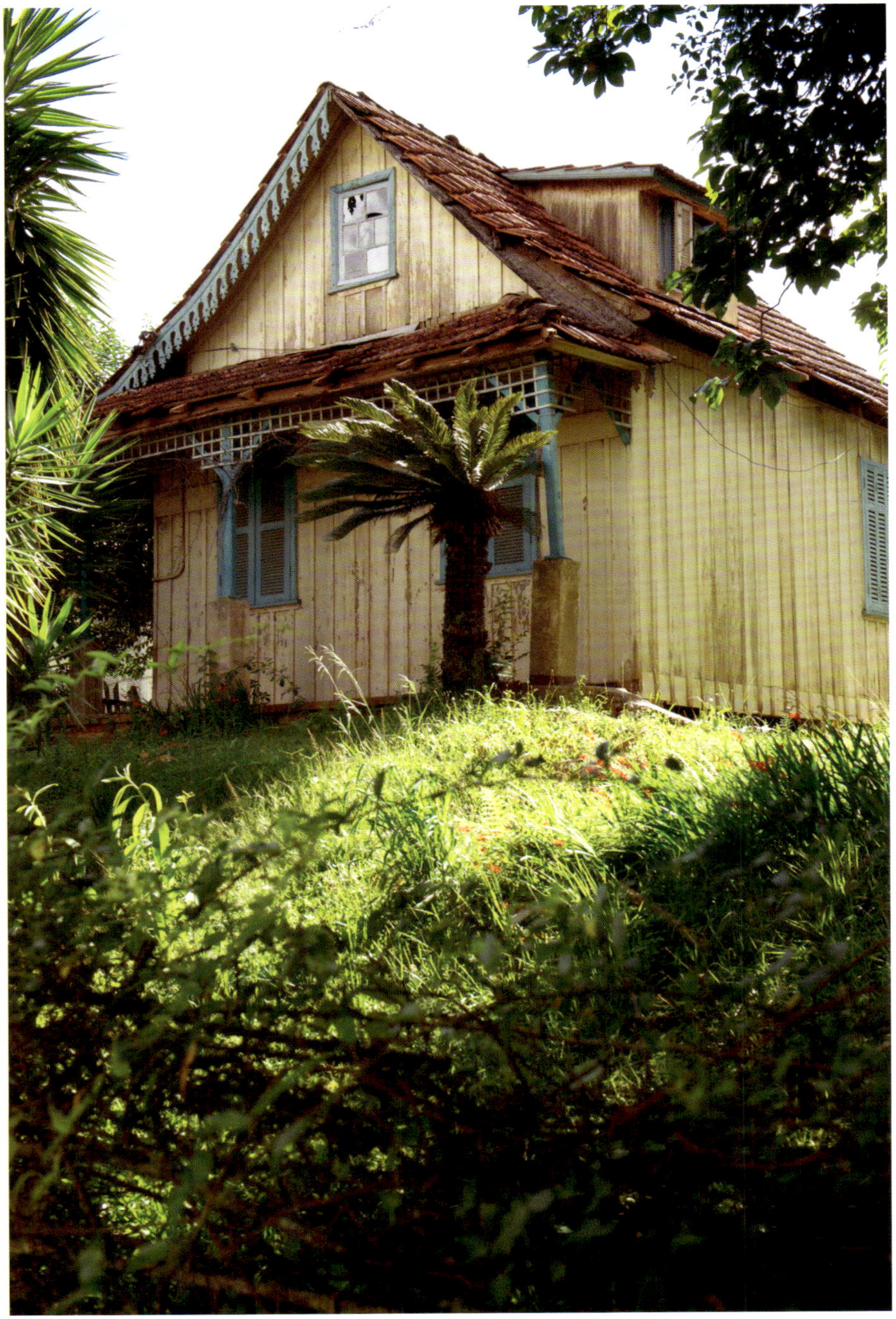

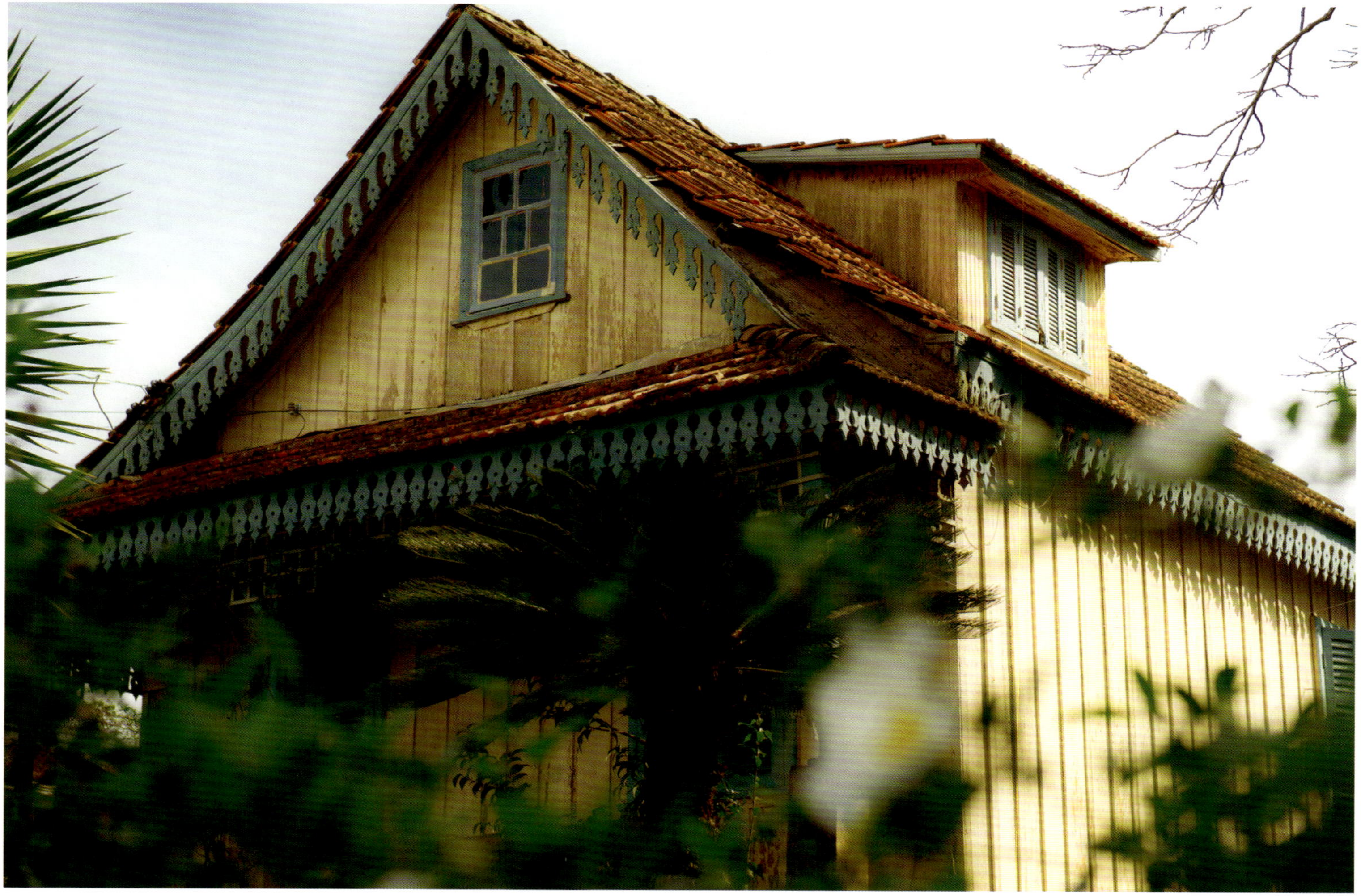

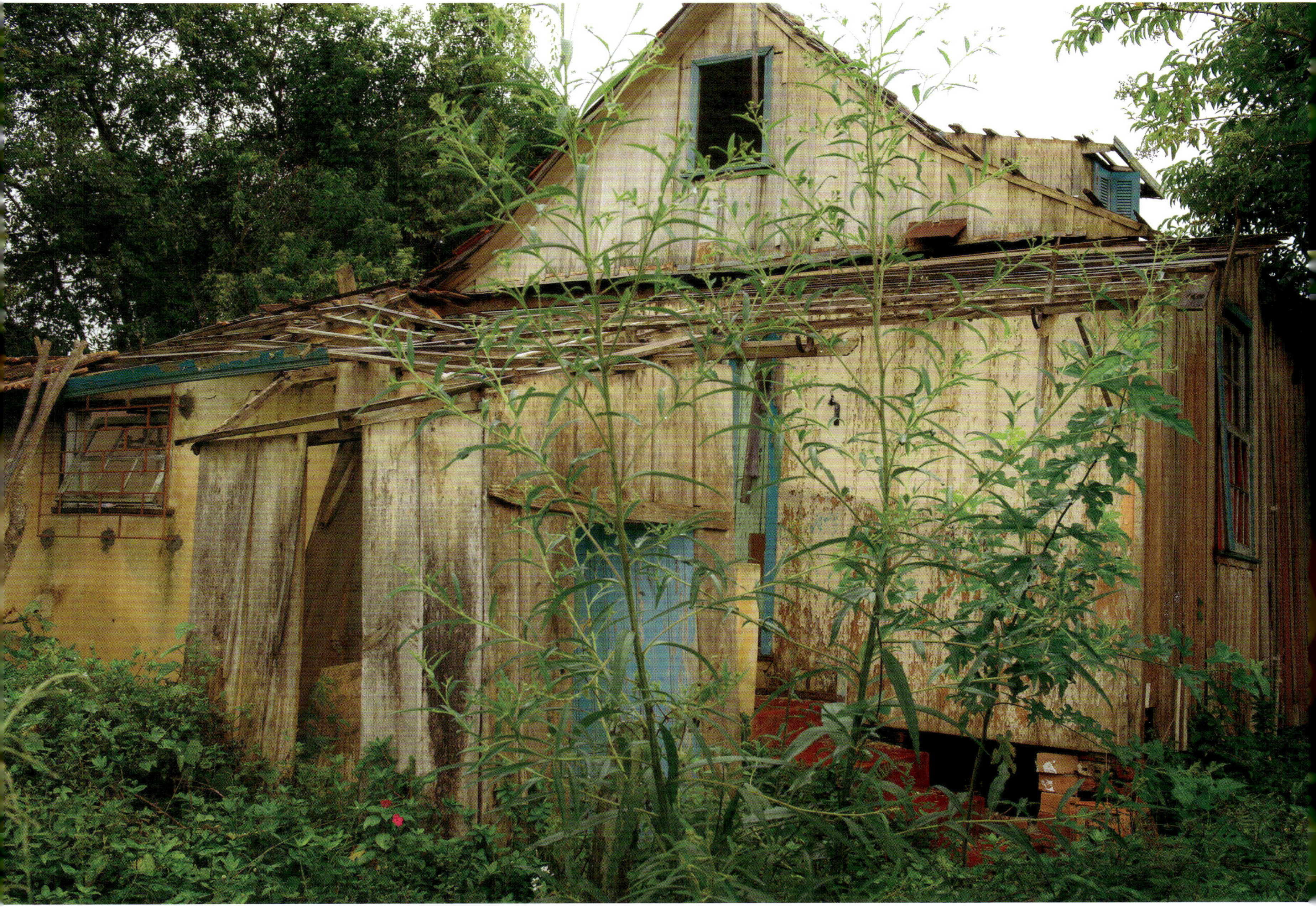

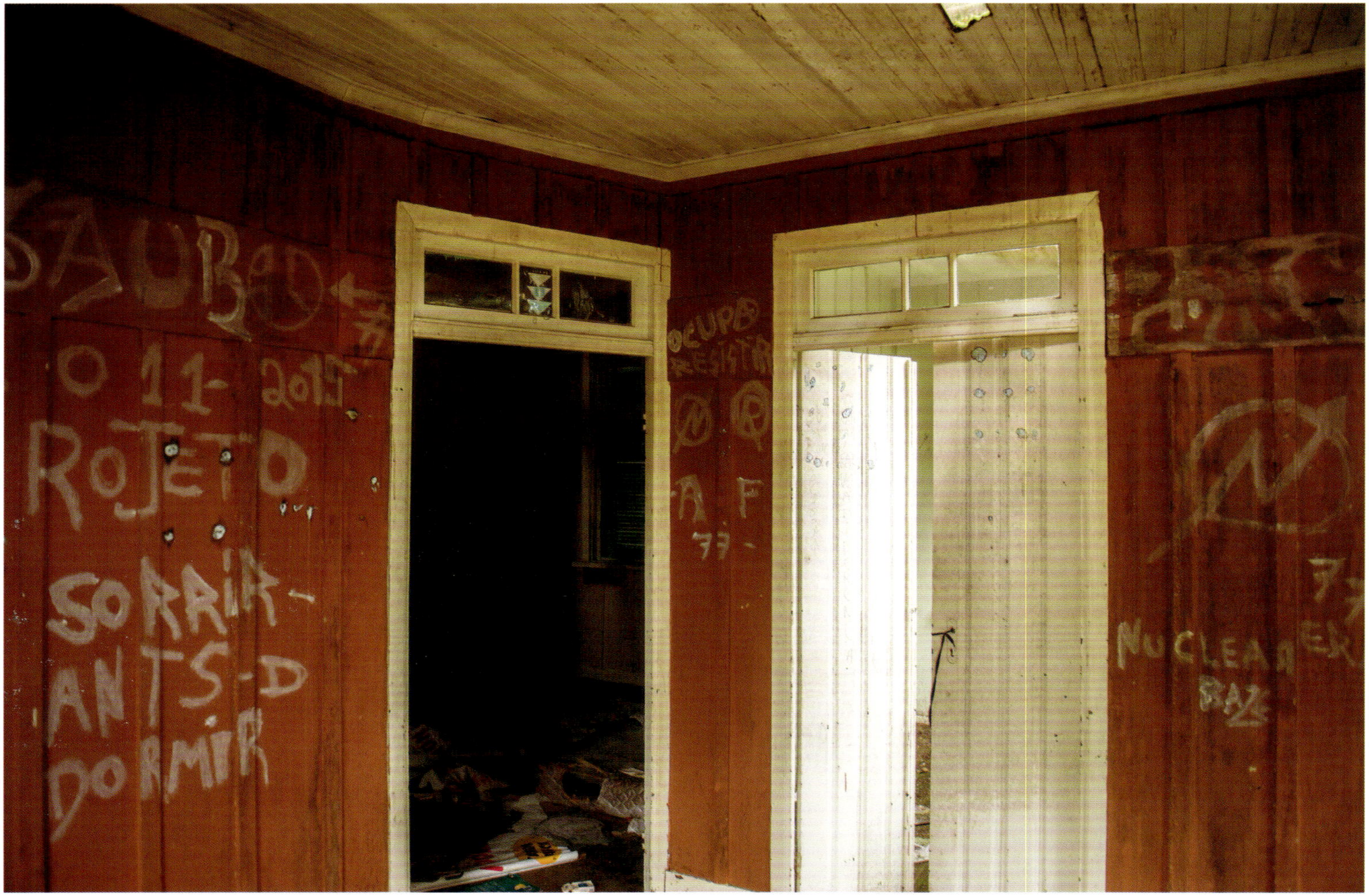
ROJETO
SORRIR
ANTS-D
DORMIR

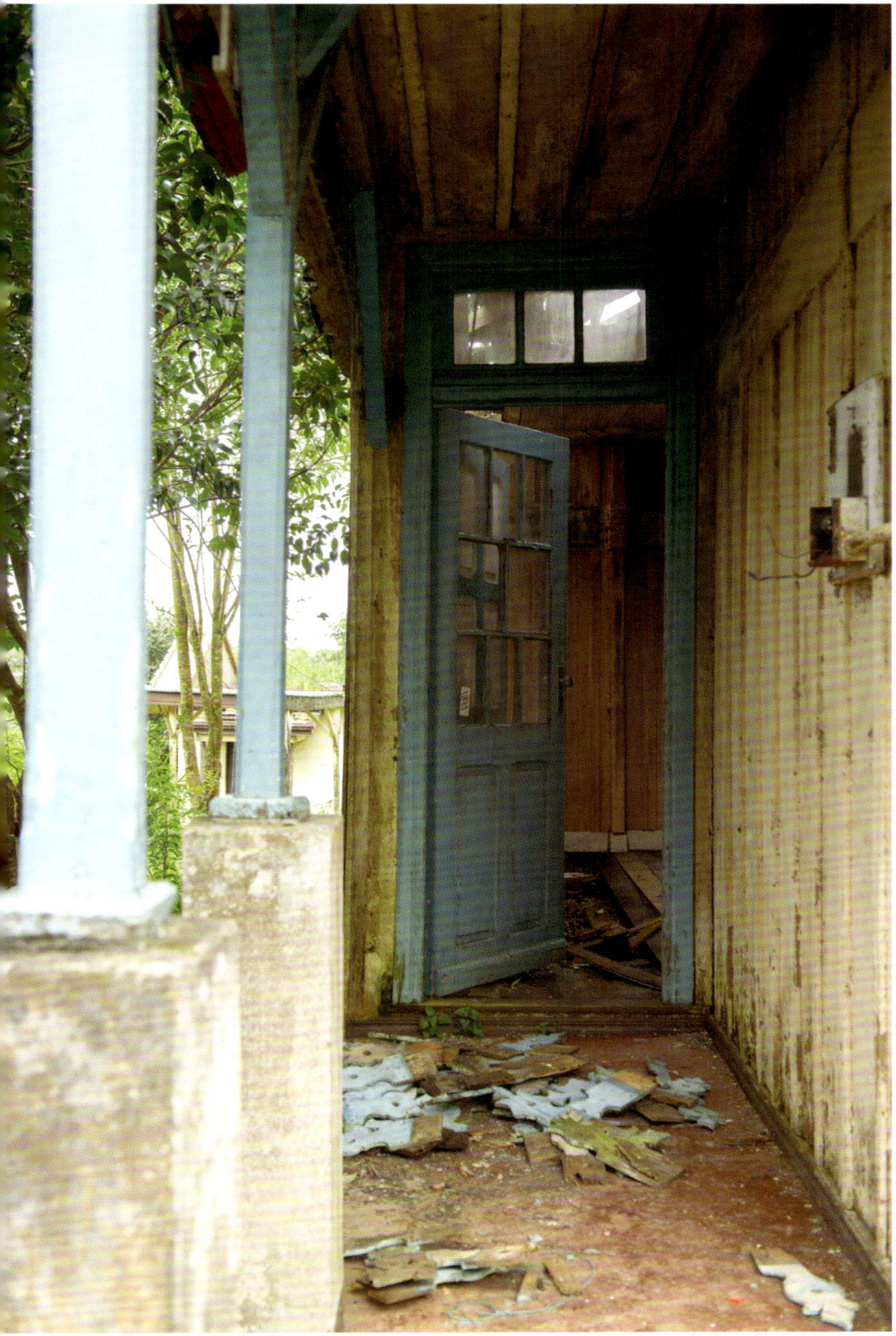

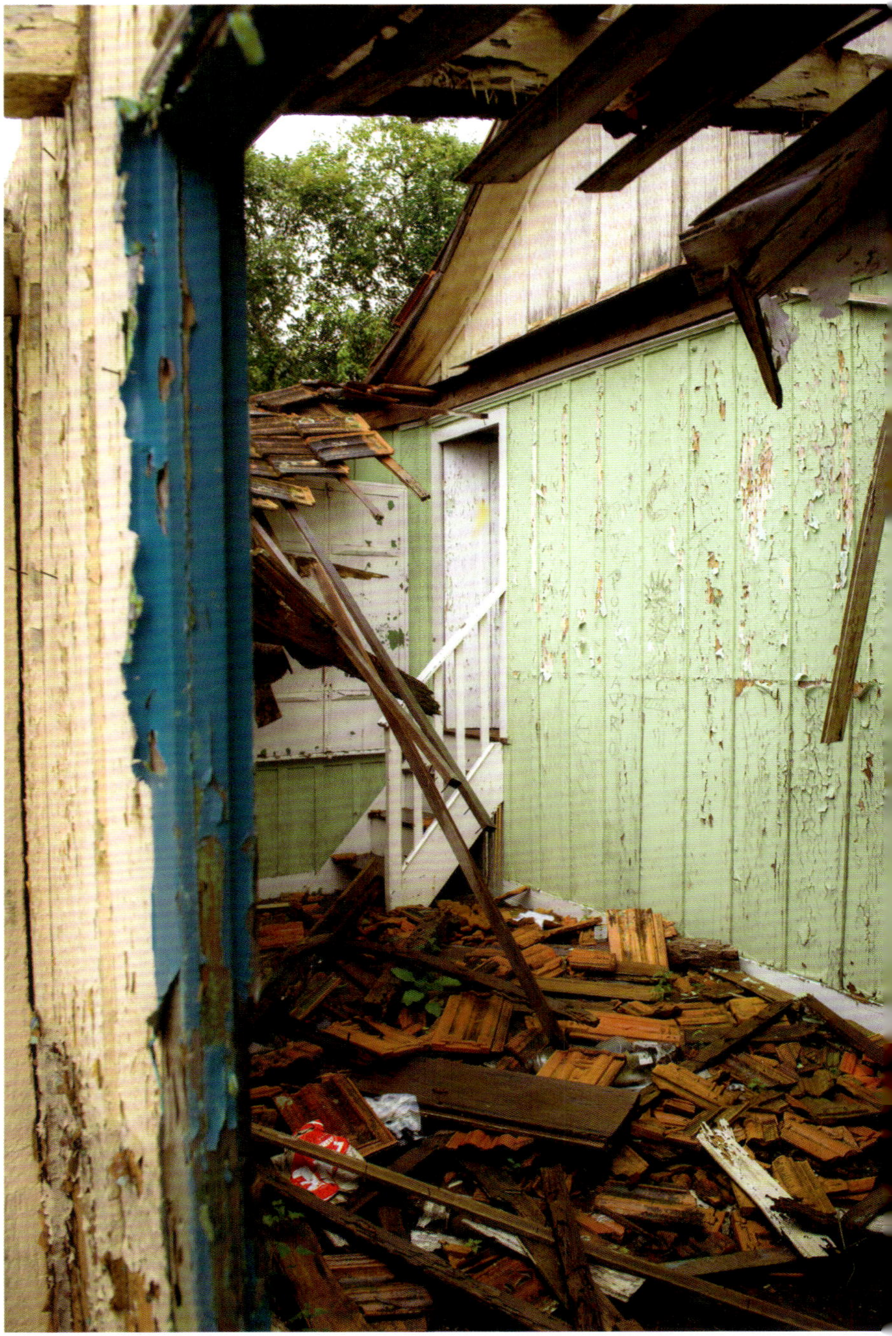

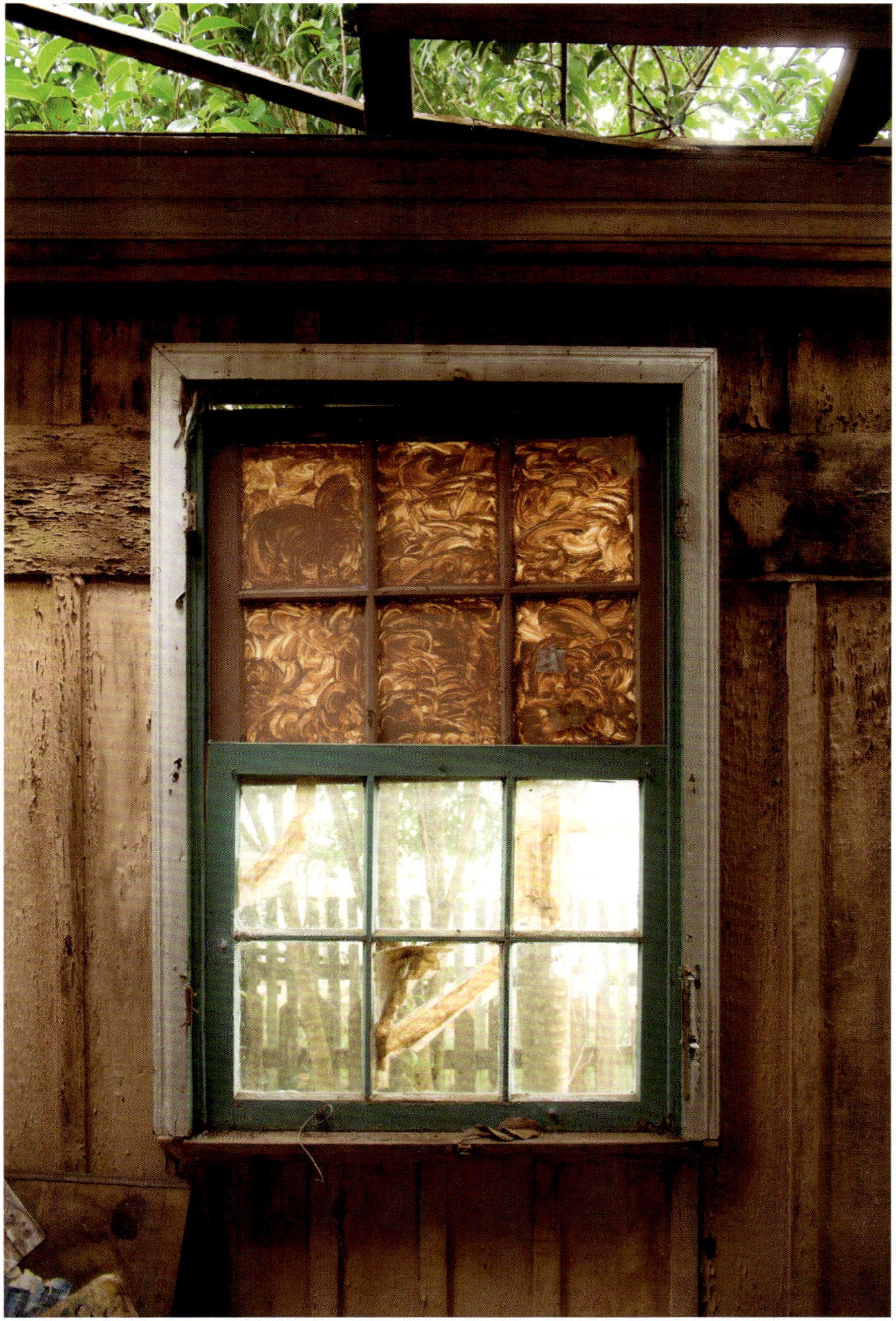

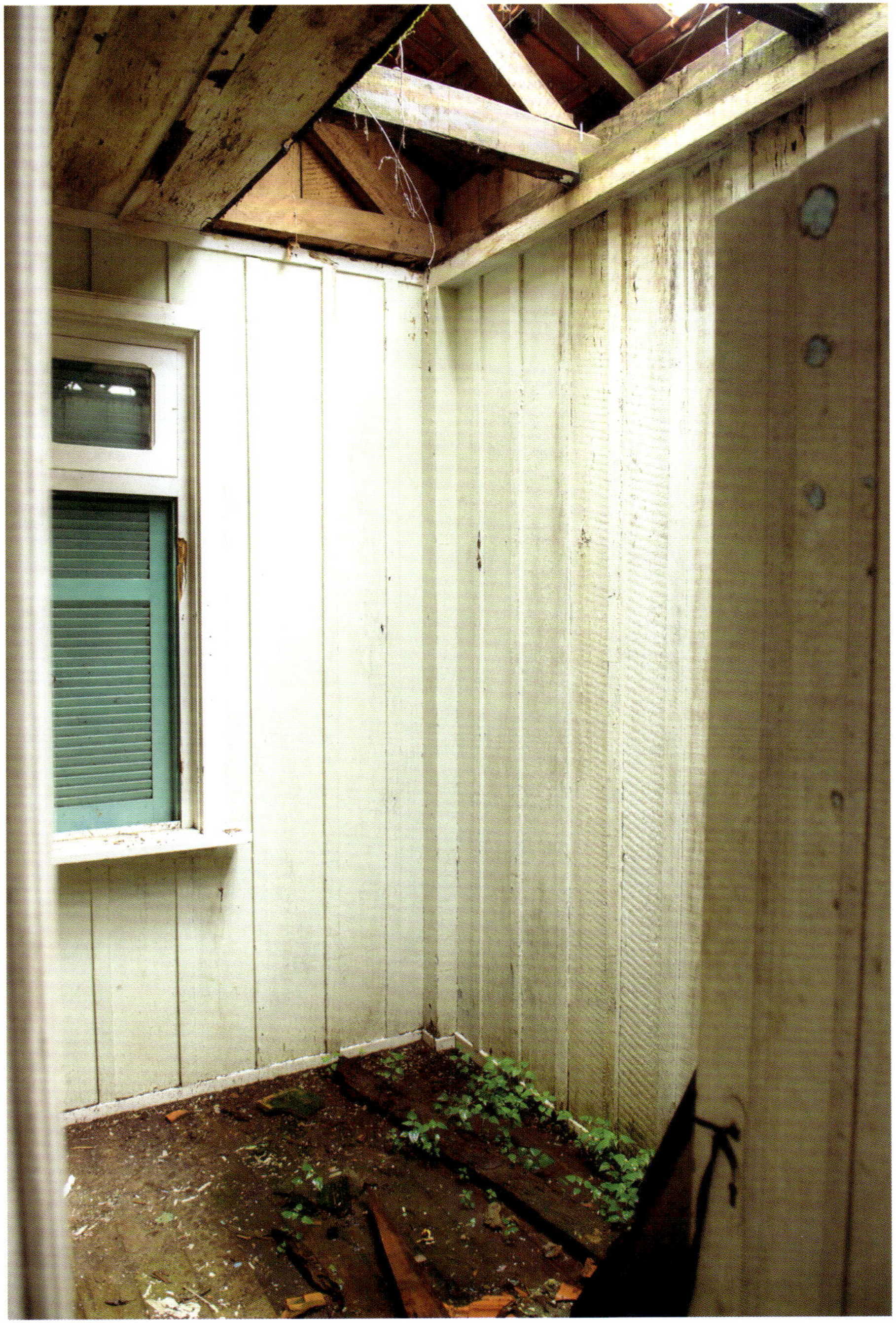

AS VIDAS DE UMA CASA
The lives of a house

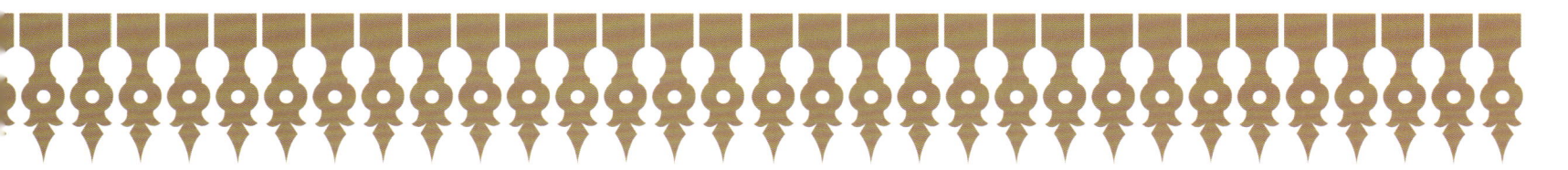

por Ingo Dittmar

Era o ano de 1924 quando o imigrante alemão Guilherme Rudolph resolveu deixar sua terra natal, assolada por uma grande recessão, para tentar a vida no Brasil. O jovem de 22 anos veio acompanhado de seus pais, o Sr. Carl e a D. Emma, já que era filho único e a família deveria ficar unida.

Já no Brasil, instalaram-se numa colônia de alemães no município de Cândido de Abreu, no Paraná. Guilherme era técnico mecânico. Entretanto, na colônia, tornou-se agricultor. Ainda em Cândido de Abreu, conheceu a jovem Anna Lange, cuja família (os pais, cinco irmãs e dois irmãos) imigrou para o Brasil em 1925. Casaram-se em 1929.

Agora, com novas responsabilidades, era hora de fazer valer sua formação técnica e buscar um emprego na capital, Curitiba. Foi, acompanhado de sua esposa e de seus pais. Moraram de aluguel em vários endereços, incluindo o bairro Atuba, e mais ao centro da cidade, na avenida Cândido de Abreu, próximo à fundição Mueller.

A família Rudolph foi aumentando: em 1931, nasceu Agnes; em 1932, Adelaide; e em 1935, Rosinha. No final dos anos 30, a família Rudolph se mudou para uma casa alugada na rua Bom Jesus, no Juvevê. Nessa época, os patriarcas Lange resolvem retornar à Alemanha, e com eles seguiram o filho Augusto e a filha Anna.

Anna precisava de tratamento de saúde, e a recomendação médica de acompanhar os pais para buscar um melhor atendimento na terra natal foi atendida. A intenção era se recuperar e retornar ao Brasil para o convívio com o marido, Guilherme, e as três filhas. Por ironia do destino, não puderam escolher pior momento para embarcar para a Alemanha: era o ano de 1939, no qual, em setembro, eclodiu a II Guerra Mundial! A situação na Alemanha era a pior possível: os patriarcas Lange morreram de frio no inverno de 1941, o filho Augusto foi visto pela última vez tentando alcançar o último trem que deixava uma das cidades antes de ser bombardeada... A filha Anna perambulou em atendimentos nos hospitais, fugindo de bombardeios e de toda a sorte de dificuldades com que uma mulher sozinha se depara durante uma guerra...

Nessa época, Guilherme Rudolph já trabalhava na Móveis Ritzmann, na Av. Getúlio Vargas. Anos depois, tornou-se encarregado na serraria, localizada um pouco adiante do final da rua João Bettega, junto ao rio Barigui.

Guilherme sempre foi perfeccionista e correto no que fazia, e isso era visto com muito bons olhos por seus patrões, os irmãos Ritzmann, firmando um vínculo de amizade. Isso permitiu que Guilherme comprasse madeira a preço de custo para construir sua casa própria, num terreno da rua Almirante Tamandaré. A primeira construção nesse lote foi um pequeno paiol, que servia de dormitório para o patriarca Carl Rudolph cuidar das madeiras que eram estocadas na propriedade, e estavam se tornando a moradia dos Rudolph.

Na Páscoa de 1948, a casa estava pronta, e Guilherme Rudolph, com seu pai e suas três filhas, deixaram a casa alugada na rua Bom Jesus e foram morar na rua Almirante Tamandaré. Simultaneamente com a casa, foi construído um "paiol" no qual Guilherme fazia a manutenção de sua motocicleta, além de seus "bicos", construindo diversos dispositivos mecânicos conforme as necessidades de seus clientes.

O terreno da casa era muito grande, e foi cultivado com diversas pereiras, macieiras, pessegueiros, parreiras, além de hortaliças, tudo aproveitado para o preparo de compotas, sucos e doces. A primeira construção do terreno, um paiol, foi convertida em galinheiro.

Em 1949, sua filha mais velha, Agnes, começou a namorar Ernesto Dittmar, também filho de imigrantes alemães. Em 1951, o patriarca dos Rudolph, Sr. Carl, que ainda morava com o filho Guilherme, faleceu em decorrência de problemas de saúde. Em 1952, Ernesto e Agnes se casaram, e, como um casal de jovens iniciando sua vida praticamente sem recursos, permaneceram morando na casa dos Rudolph. Com o passar dos anos, os netos do Sr. Guilherme foram chegando: em 55, Paulo; em 58, Edgar; em 59, as gêmeas Alice e Berta: e em 61, Irmgard.

A filha do Sr. Guilherme, Adelaide, começou a carreira de professora, e no final do ano de 58 rumou para um intercâmbio na Alemanha. Lá, enquanto fazia seus cursos e se aprimorava na língua alemã, iniciou uma busca por sua mãe, D. Anna. Com a ajuda de conhecidos e de desconhecidos, descobriu que ela estava do lado oriental, como interna de um sanatório, já que não tinha para onde ir. O acesso da Alemanha Ocidental para a Alemanha Oriental era permitido, mas o inverso não. Em suas horas de folga, Adelaide buscava fazer contato com sua mãe, até que conseguiu uns dias a mais e cruzou a fronteira ao encontro de D. Anna. Finalmente, em 1960, após 21 anos, reencontrou sua mãe! Entretanto, este foi somente o primeiro encontro, sendo necessário conseguir que D. Anna cruzasse a fronteira. Meses depois, como num enredo típico de filmes de refugiados, inclusive auxiliadas por um padre que nem conheciam, D. Anna estava do lado ocidental. Ainda permaneceram um tempo na Alemanha, até que o período do intercâmbio terminasse. Em 1961, retornaram ao Brasil. Aquela jovem mulher de 30 anos, que em 1939 rumou para a Alemanha, deixando para trás seu marido e três filhas pequenas, retornou para o lar, agora com 52 anos, encontrando uma filha casada e com cinco filhos, além de sua filha caçula já noiva!

O Sr. Guilherme, mesmo aposentado, continuou a trabalhar na Móveis Ritzmann (na serraria), o que era sempre uma viagem, partindo do Juvevê até além do final da João Bettega, região que na época era chamada de Barigui (devido ao rio) e que hoje faz parte da Cidade Industrial de Curitiba. Em 74, nasceu seu último neto, Ingo, filho do casal Agnes e Ernesto.

Em 1981, aos 79 anos, parou de trabalhar na serraria dos Ritzmann e passou a se dedicar à manutenção da casa, ao cultivo de sua horta e a criar peças, ferramentas, equipamentos, tudo o que sua formação na área mecânica permitia. Considerando o tamanho do terreno, plantava milho em conjunto com feijão, além de cultivar um belo parreiral que ladeava o caminho central de acesso à casa.

Em julho de 1982, aos 80 anos, o Sr. Guilherme, acompanhado de sua filha Adelaide, fez uma viagem à sua terra natal. Desde a imigração, em 1924, nunca havia voltado. Enquanto isso, em Curitiba, eram férias escolares, e o neto Ingo fazia companhia à sua avó, D. Anna. A rotina consistia em acender e manter o fogão a lenha (construído pelo próprio Sr. Guilherme), além de acompanhar o processo de defumação de toucinho num forno improvisado com tijolos junto ao muro no quintal, e dar ração aos cachorros e às galinhas.

Ingo, o neto mais novo, era sempre requisitado nas férias para auxiliar no corte de grama, no debulhar do feijão, cujas vagens (bainhas) eram secas na calçada de paralelepípedos, no corte de lenha, etc. Esses momentos preciosos eram perfeitos para absorver as histórias de vida da família Rudolph, além de aprender diversos macetes: como direcionar um cortador de grama, como abrir uma bainha de feijão sem desperdiçar os grãos, como manusear uma serra traçadeira, como pregar corretamente sem entortar o prego, enfim, ensinamentos que um alemão metódico poderia passar ao neto.

Em 1993, o Sr. Guilherme teve diagnosticado um câncer, que aos poucos foi trazendo outras complicações, tirando-lhe a mobilidade, e mais ao fim, a lucidez. Foram alguns anos de dedicação das filhas para cuidar do pai adoentado, até que, em 1996, aos 94 anos de idade, o Sr. Guilherme faleceu em casa, como tinha pedido. Praticamente um ano depois, em 1997, aos 88 anos de idade, D. Anna não resistiu a complicações de saúde e também faleceu em casa. Assim o cotidiano se tornou história!

Restou o legado desses imigrantes: nenhum luxo, pouco conforto, muito trabalho duro, muita dignidade, retidão e honradez, além de uma gratidão imensa à cidade de Curitiba, que os acolheu e permitiu, assim como a milhares de famílias advindas de diversos países, fazer crescer seus descendentes!

Quanto à Casa por Detrás da Moita, permanecerá na família enquanto possível! E se um dia perder a guerra para o concreto, terá cumprido seu papel de ser um porto seguro para os que nela nasceram, habitaram e morreram, e se tornará uma saudosa lembrança nas vidas de muitas pessoas.

It was 1924 when the German immigrant Guilherme Rudolph decided to leave his homeland, ravaged by a great recession, to try a new beginning in Brazil. The 22-year-old was accompanied by his parents, Mr. Carl and Mrs. Emma, as he was the only son and the family should stay together.

In Brazil, they settled in a colony of germans in the town of Cândido de Abreu, in Paraná. Guilherme was a mechanical technician. However, in the colony, he became a farmer.
Still in Cândido de Abreu, he met the young Anna Lange, whose family (parents, five sisters and two brothers) immigrated to Brazil in 1925. They got married in 1929.

Now, with new responsibilities, it was time to make good use of his technical training and look for a job in the capital city, Curitiba. He was accompanied by his wife and his parents. They lived in rented houses at several addresses, including the Atuba neighborhood, and closer to the center of the city, on avenida Cândido de Abreu, next to the Mueller iron foundry.

The Rudolph family grew: in 1931, Agnes was born; in 1932, Adelaide; and in 1935, Rosinha. In the late 1930s, the Rudolph family moved into a rented house on Bom Jesus Street in Juvevê neighborhood. At that time, the Lange patriarchs decided to return to Germany, and, with them, their son Augusto and his daughter Anna returned as well.

Anna needed health care, and the medical recommendation to accompany her parents to seek better care in the homeland was met. The intention was to recover and return to Brazil for her life with her husband, Guilherme, and their three daughters. Ironically, they could not have picked a worste time to embark for Germany: it was 1939, and World War II broke out in September!

The situation in Germany was the worst possible: the Lange patriarchs died of cold in the winter of 1941, the son Augusto was last seen trying to reach the last train that left one of the cities before it was bombed... Daughter Anna wandered through the hospitals, fleeing from bombings and all sorts of difficulties that a lonely woman encounters during war...

At that time, Guilherme Rudolph was already working in the Ritzmann Furniture Store, at Getúlio Vargas Avenue. Years later, he became a foreman in the sawmill, located a little further down the end of João Bettega Street, next to Barigui river.

Guilherme has always been a perfectionist and righteous man, and this was seen with good eyes by their bosses, the Ritzmann brothers, thus establishing a bond of friendship. This allowed Guilherme to buy some wood at cost price to build his own home, in a terrain located in Almirante Tamandaré Street. The first building on this lot was a small storehouse, which served as the dormitory for the patriarch, Carl Rudolph, to take care of the pieces of wood which were stocked on the property, and were becoming the very own Rudolph's residence.

At Easter 1948, the house was ready, and Guilherme Rudolph, with his father and his three daughters, left the rented house on Bom Jesus Street and moved to Almirante Tamandaré

Street. Simultaneously with the house, a "storehouse" was built in which Guilherme would perform the maintenance of his motorcycle, in addition to his filler jobs and gigs, building various mechanical devices according to the needs of his clients.

The terrain of the house was very large, and was cultivated with several pear trees, apple trees, peach trees, vineyards, as well as vegetables. It was all used for the preparation of compotes, juices and sweets. The first building of that terrain, the storehouse, was converted into a hen house.

In 1949, Guilherme's eldest daughter, Agnes, started dating Ernesto Dittmar, also a son of German immigrants. In 1951, the patriarch of the Rudolphs, Mr. Carl, who still lived with his son Guilherme, died as a result of health issues. In 1952, Ernesto and Agnes got married, and, as a young couple starting their life with very poor resources, they remained living in the Rudolph's house. Over the years, Mr. Guilherme's grandchildren began arriving: in 55, Paulo; in 58, Edgar; in 59, the twins Alice and Berta: and in 61, Irmgard.

Adelaide, the daughter of Mr. Guilherme, began her teaching career, and by the end of 1958 went to an exchange program in Germany. There, while doing her courses and improving her knowledge in German, Adelaide began searching for her mother, Mrs. Anna. With the help of acquaintances and strangers, Adelaide discovered that her mother was on the eastern side, as an inmate of a sanitarium, since she had nowhere else to go. The access from West Germany to East Germany was allowed, but not the reverse. In her spare time, Adelaide sought to make contact with her mother, until she got a few extra days and crossed the border to meet Anna. Finally, in 1960, after 21 years, she met her mother! However, this was only their first meeting, since they needed to find a way to get Mrs. Anna to cross the border. Months later, as in a typical plot of a refugee movie, even counting on the help of a priest they didn't actually know, Mrs. Anna was on the western side. They remained for a while in Germany, until the end of Adelaide's exchange program. In 1961, they returned to Brazil. The young 30-years-old woman, that traveled to Germany in 1939, leaving behind her husband and three little daughters, returned to her home. She was, then, 52-years-old, meeting a daughter who was married and with five children, in addition to her youngest daughter, already engaged!

Even after retiring, Mr. Guilherme continued to work at Ritzmann's Furniture Store (in the sawmill), which was always a journey from Juvevê to beyond a little further down the end of João Bettega Street, at the time a region called Barigui (due to the river) and that today is part of the Industrial City of Curitiba. In 1974, Ingo, his last grandson, was born, son of Agnes and Ernesto.

In 1981, at the age of 79, Guilherme stopped working in the sawmill of the Ritzmanns and began to devote himself to the maintenance of the house, to the cultivation of his vegetables and to the creation of parts, tools, equipment, and everything else his training in the mechanical area allowed him to. Considering the size of the land, he planted corn along with beans. Guilherme would also cultivate a beautiful vineyard that bordered the central path to access the house.

In July 1982, at the age of 80, Mr. Guilherme, accompanied by his daughter Adelaide, made a trip to his homeland. Since the immigration, in 1924, he had never returned. Meanwhile, in Curitiba, there were school holidays, and the grandson Ingo kept company to his grandmother, Mrs. Anna. The routine consisted in lighting and maintaining the wood stove (built by Mr. Guilherme himself), as well as accompanying the process of smoking bacon in an improvised oven with bricks next to the wall in the yard, and feeding dogs and hens.

Ingo, the youngest grandson, was always required on vacation to assist in the cutting of grass, in the threshing of the beans—the pods (skins) were dried on the cobblestone sidewalk—in the cutting of wood etc. These precious moments were perfect for absorbing the life stories of the Rudolph family, as well as learning a lot of things: how to direct a lawn mower, how to open beans pods without wasting the grains, how to handle a handsaw, how to nail properly without bending the nails... Teachings that a methodical German could pass to his grandson.

In 1993, Mr. Guilherme was diagnosed with a cancer, that slowly was bringing in other complications, taking away his mobility, and later, the lucidity. After a few years of dedication by the daughters, taking care of their sick father, in 1996, at the age of 94, Mr. Guilherme died at home, as he had requested. Almost a year later, in 1997, at age 88, Mrs. Anna succumbed to health complications and also died at home. And so, the daily routine became history!

There remained the legacy of these immigrants: no luxury, little comfort, a lot of hard work, a lot of dignity, fairness and honesty, as well as an immense gratitude to the city of Curitiba that welcomed them and allowed, them and as well as thousands of families from different countries, to grow their descendants!

As for the House Behind the Bush, it will remain in the family as long as possible! And, if it ever loses the war to the concrete, it will have fulfilled its role as a safe haven for those who were born, dwelt, and died in it. It will become a longing memory in the lives of many people.

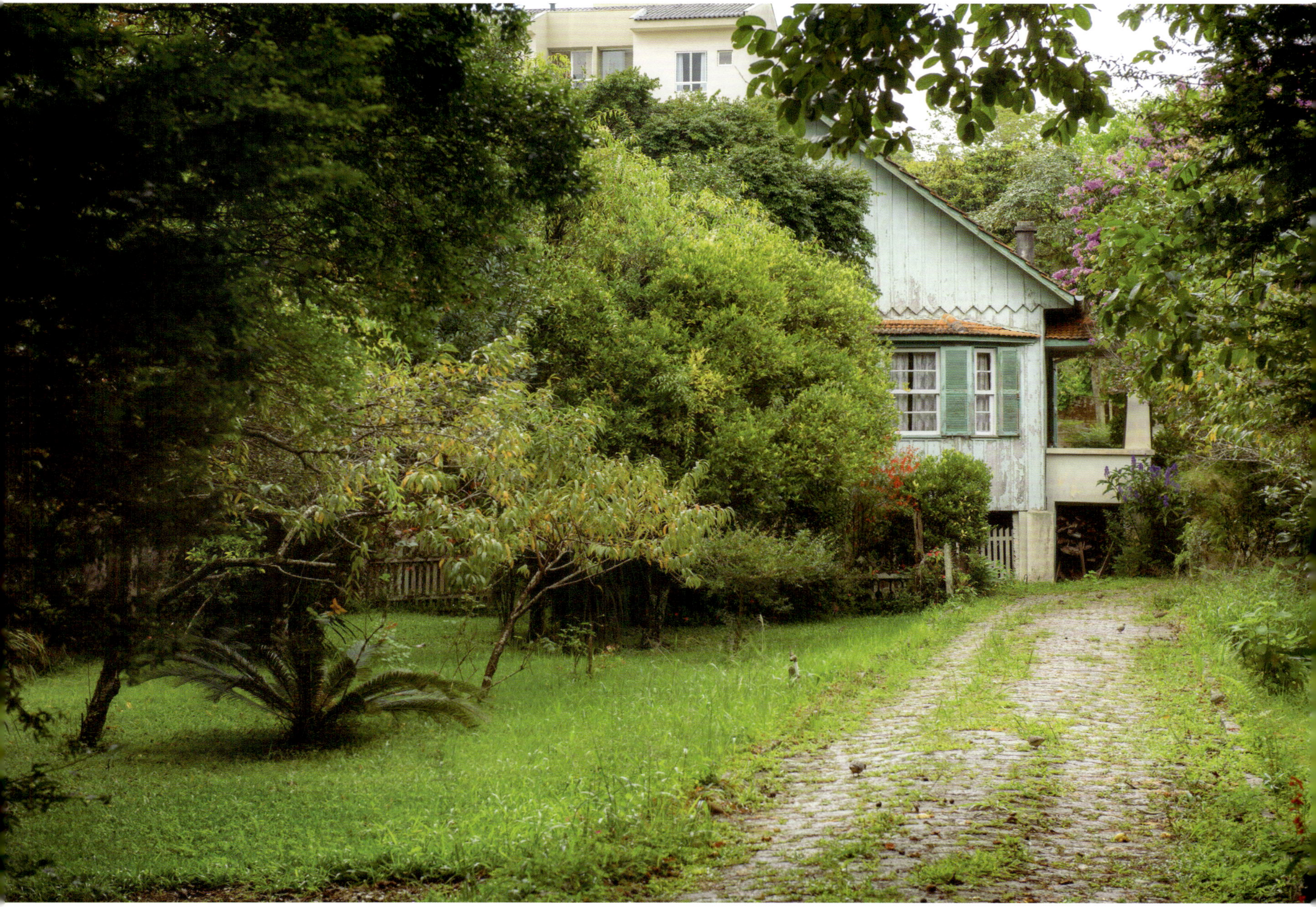

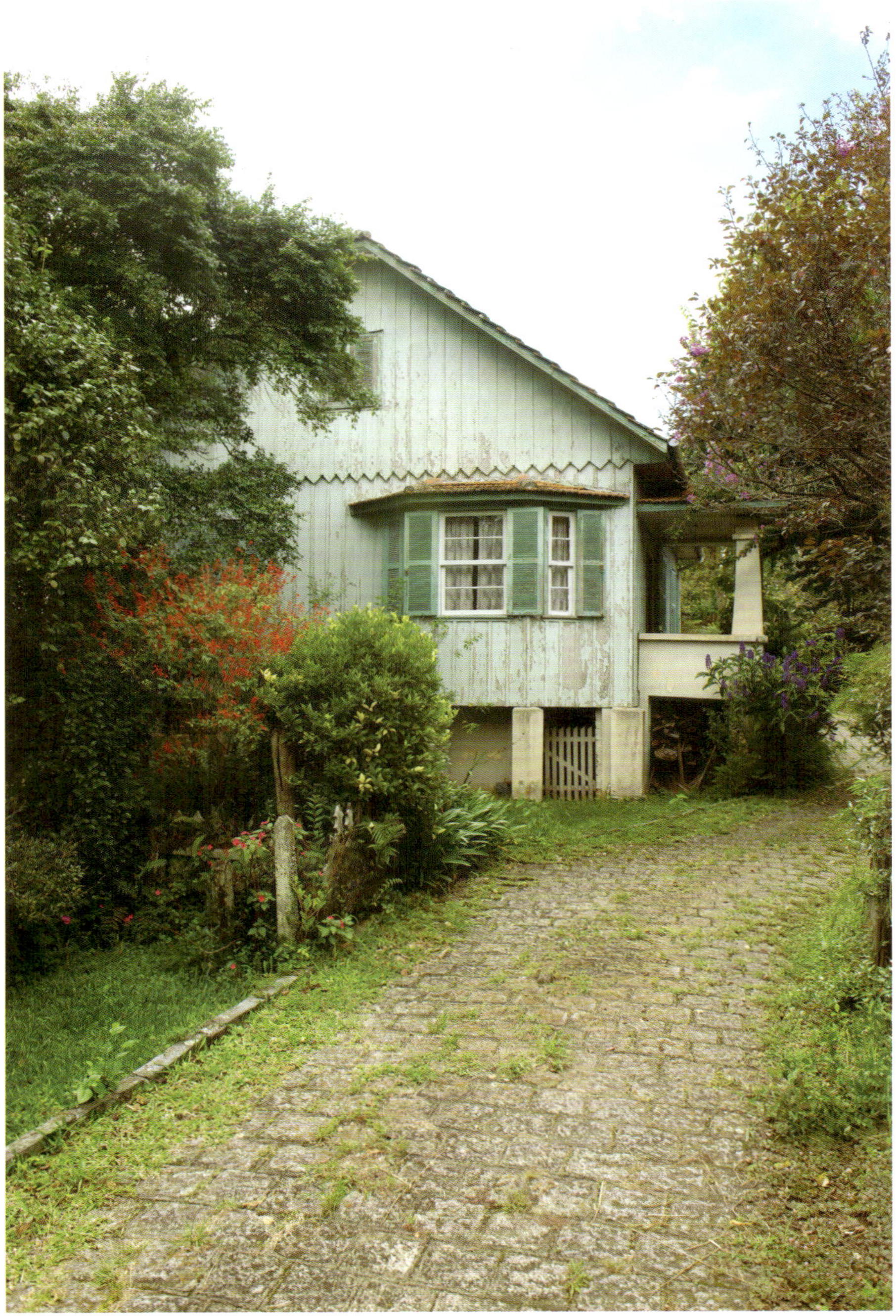

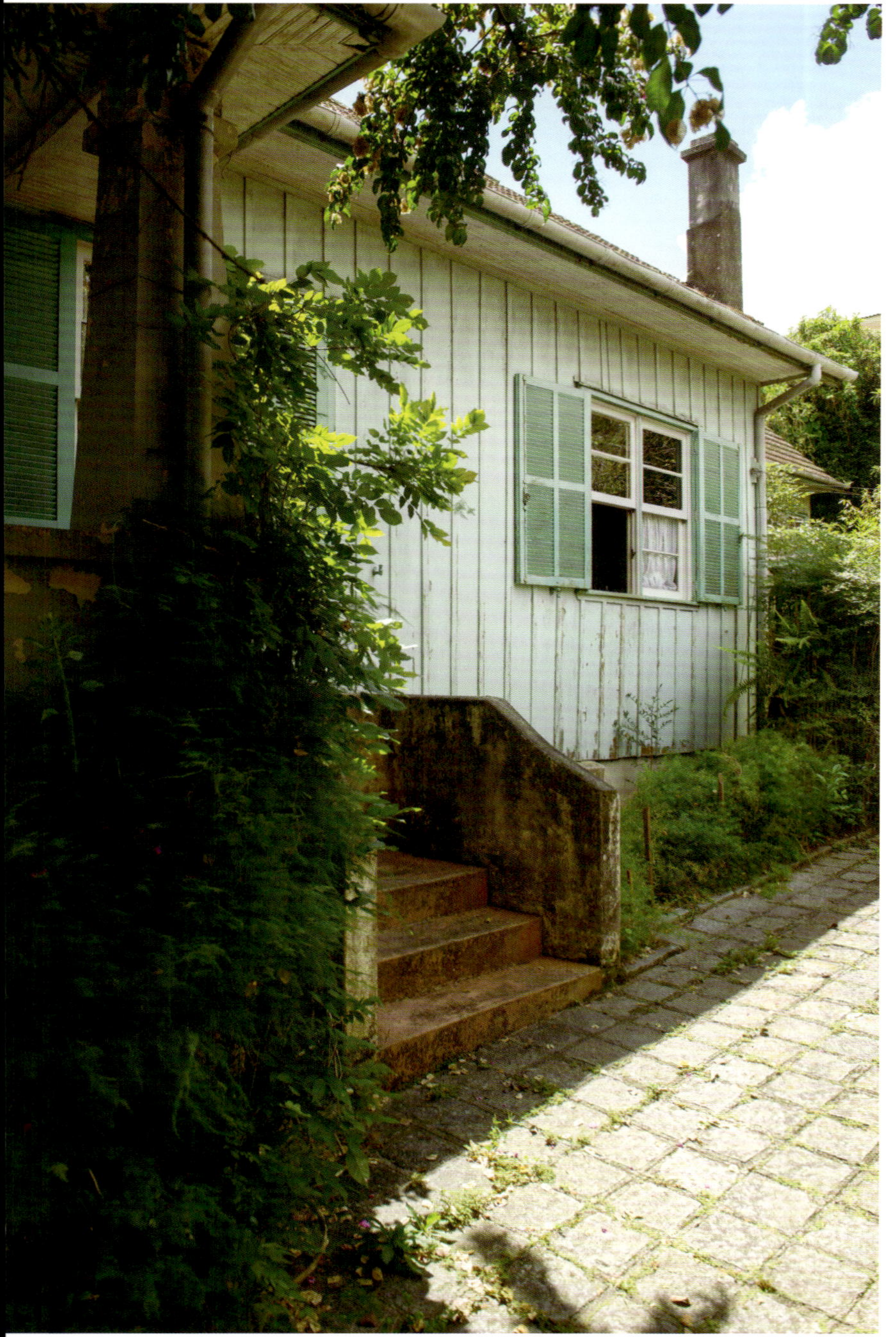
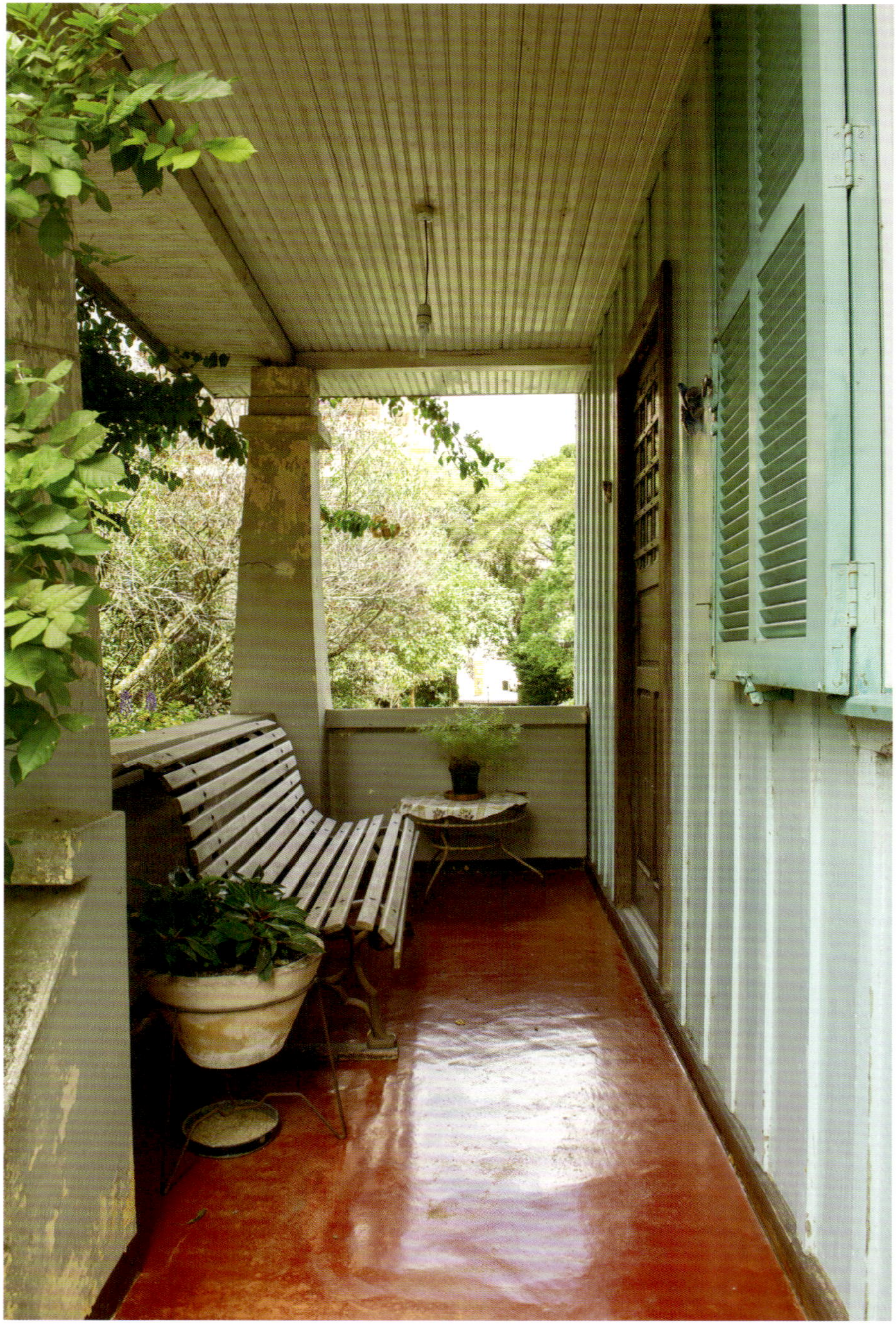

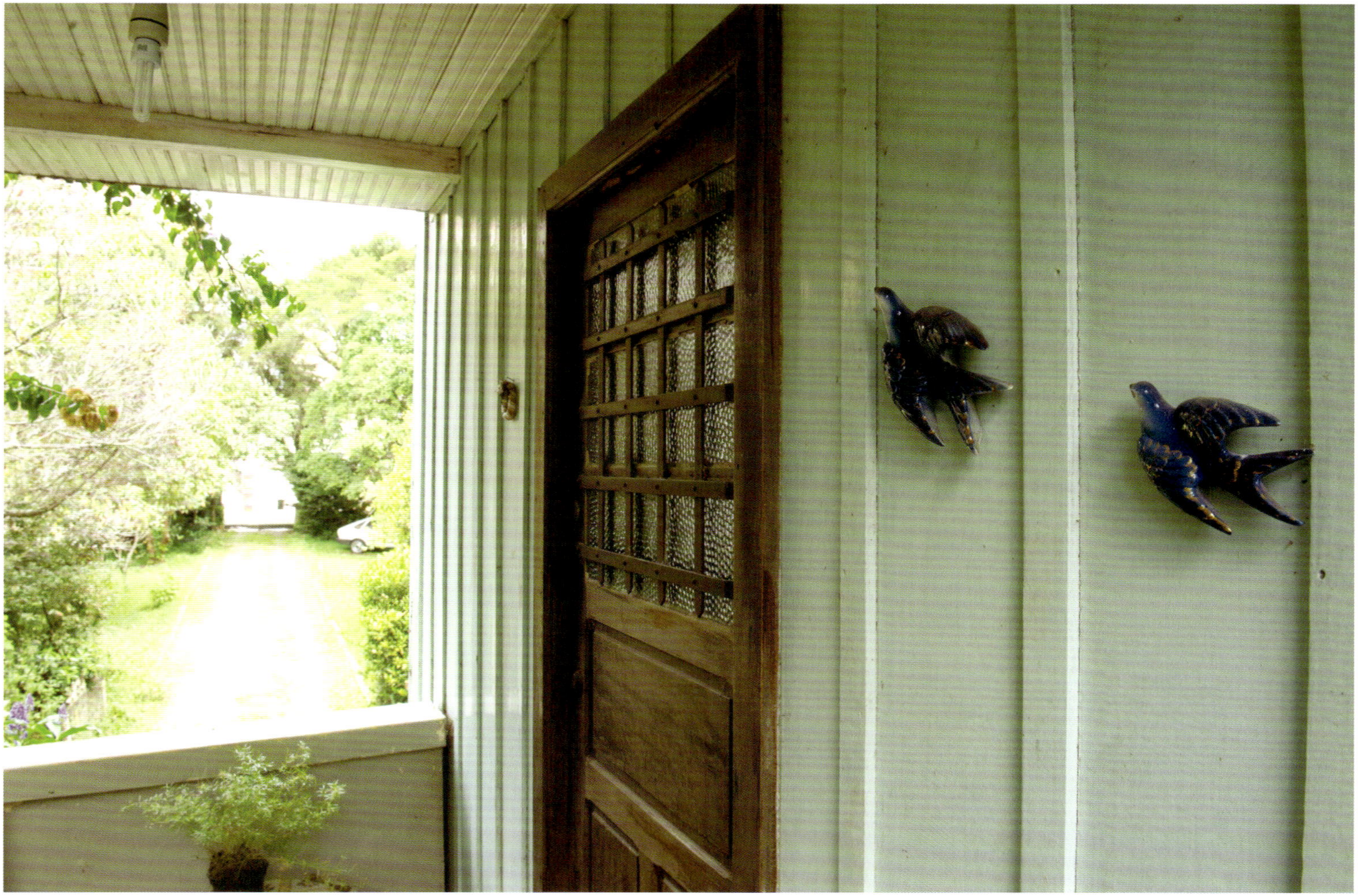

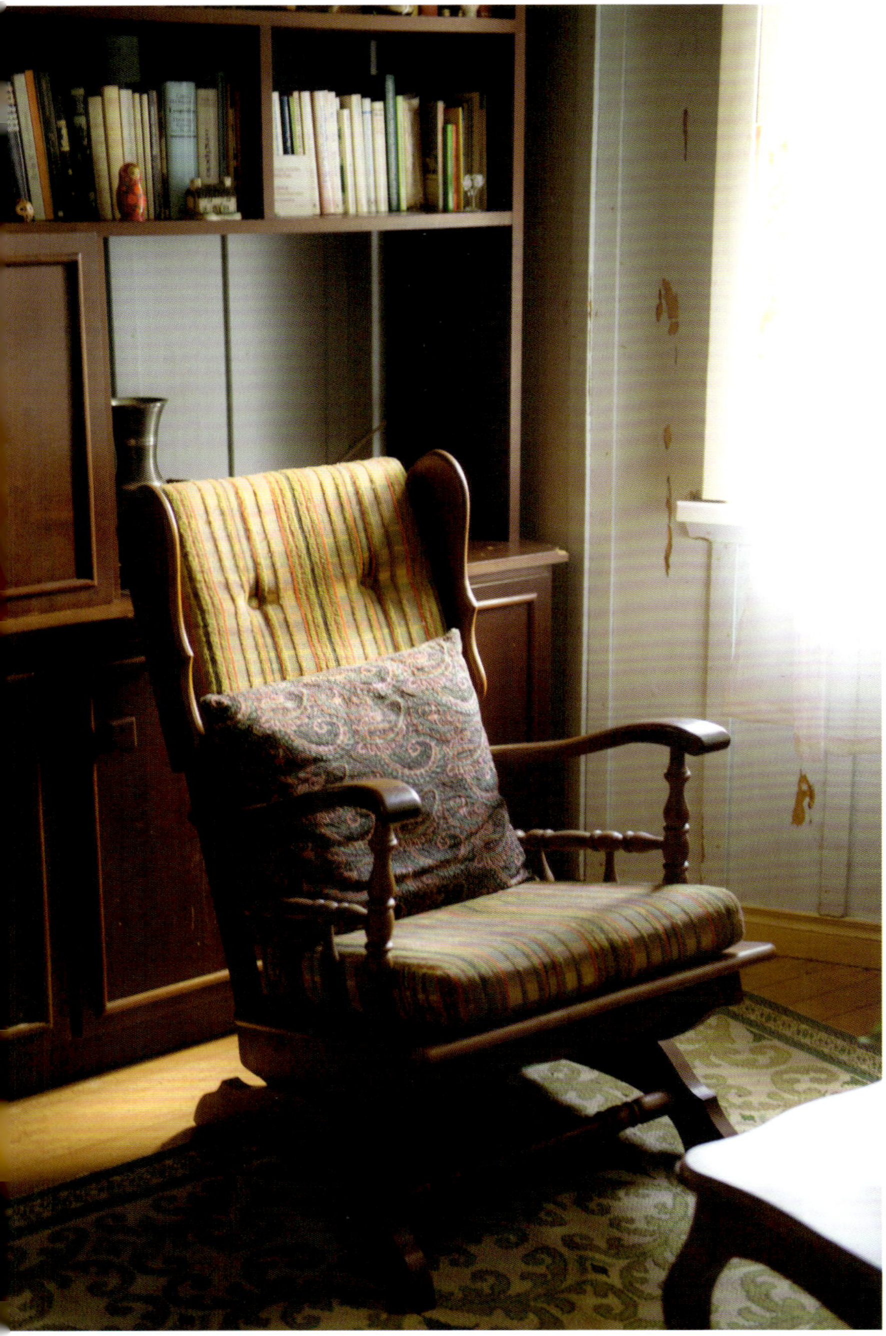

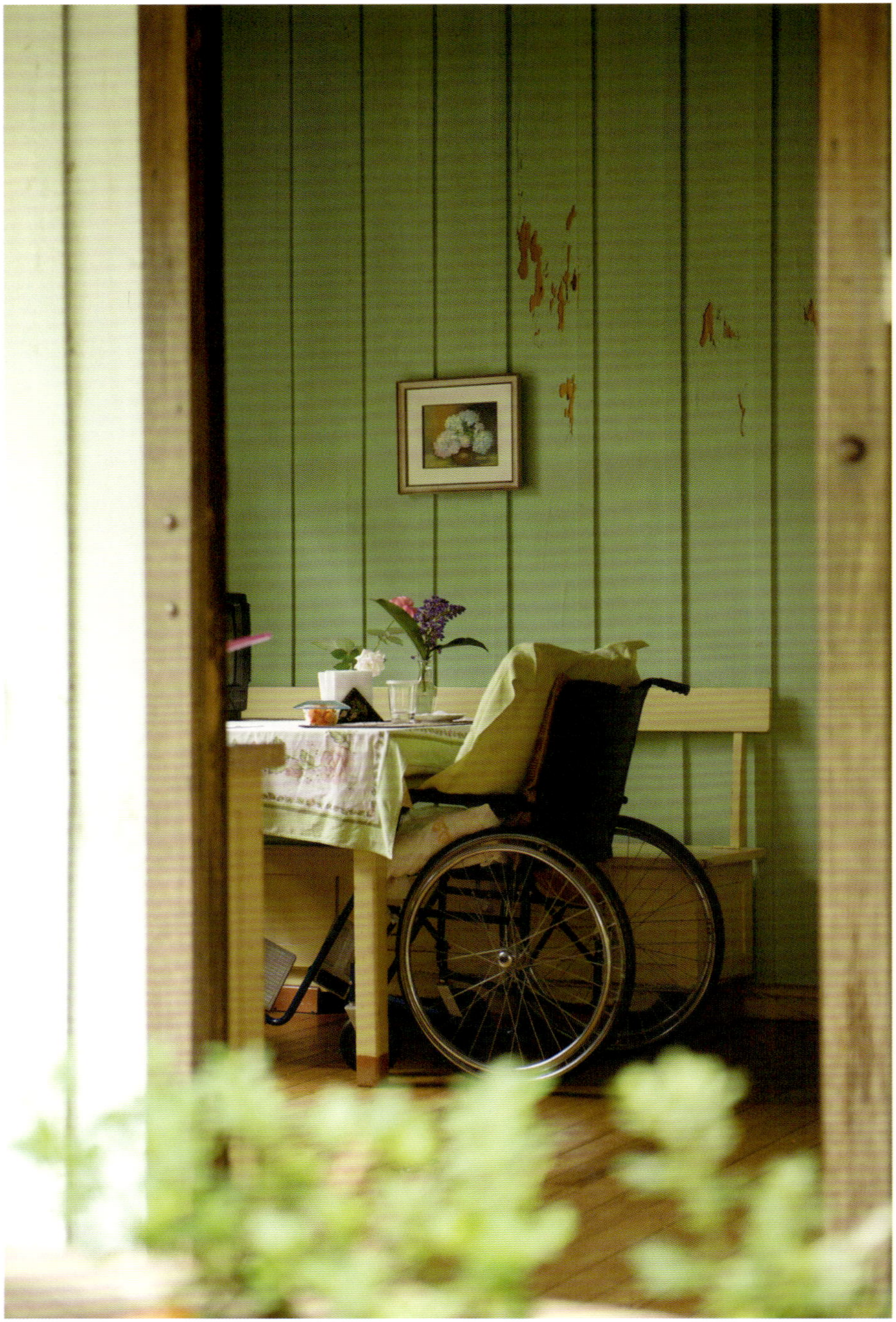

125

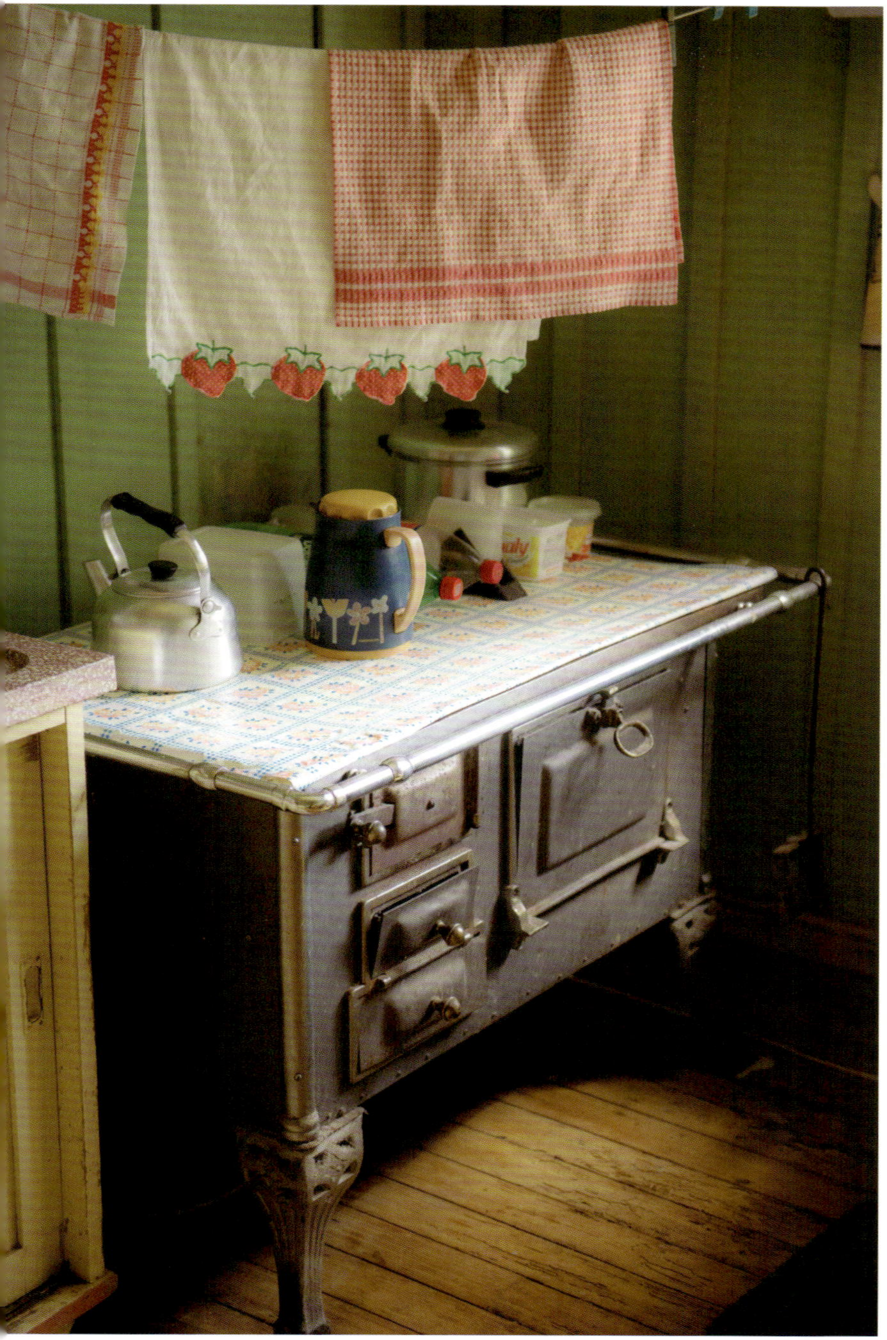

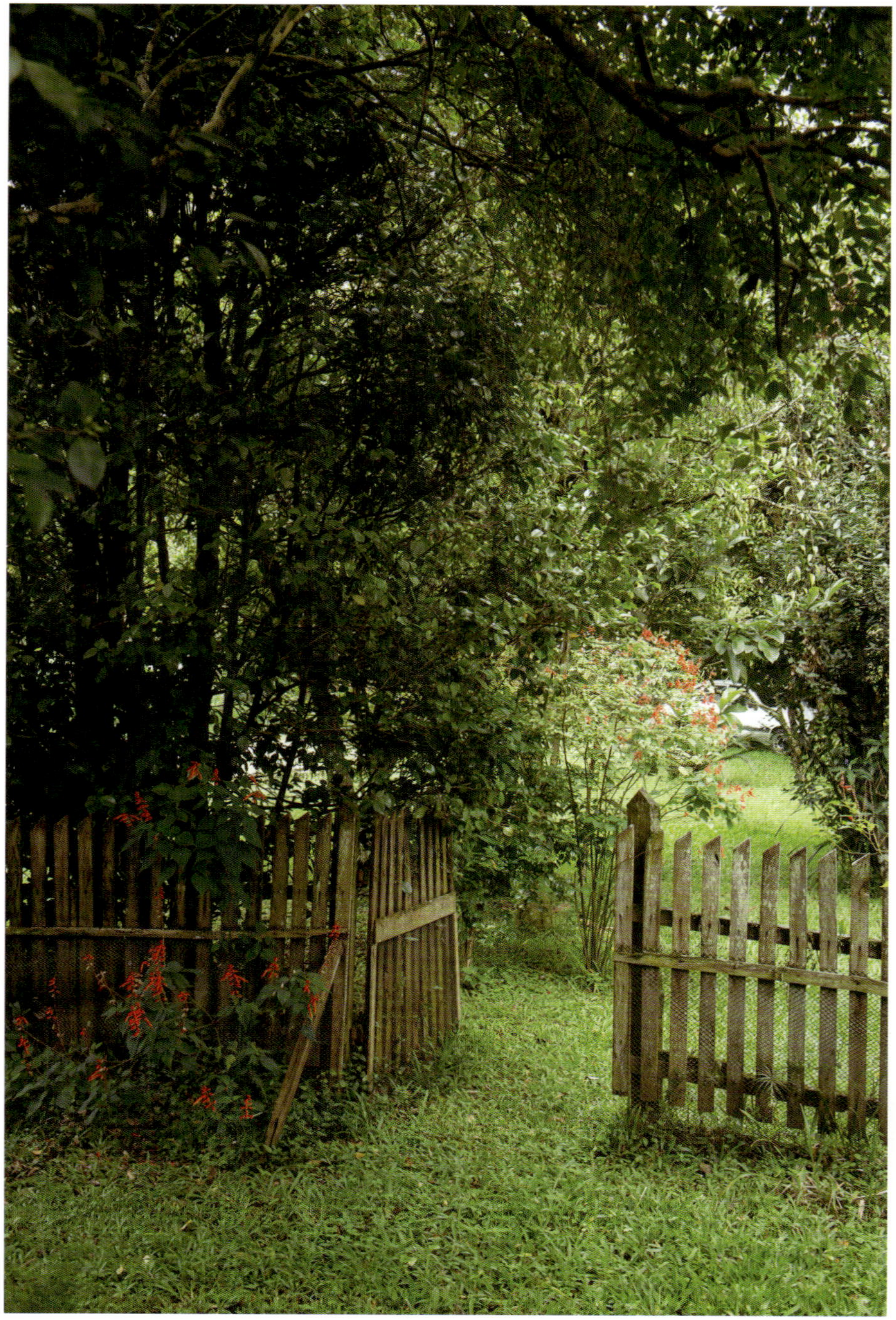

ILUSTRAÇÃO DE FABIANO VIANNA

MARCAS INVISÍVEIS
Invisible marks

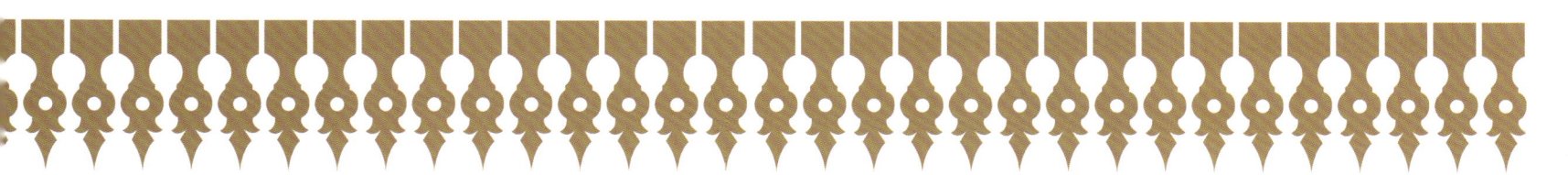

por Loretta Schünemann

Procura-se uma casa que, entre outras coisas, tenha poder de sugestão. Segundo o escritor e jornalista mineiro Fernando Sabino, poder de sugestão é o misterioso dom que algumas casas têm. O dom de sugerir a vida dos que já moraram nela, não pelo aspecto físico da casa, mas sim pelas marcas invisíveis que seus antigos moradores deixaram da sua humanidade, que as paredes da casa recolheram e ali ficaram com o tempo.

A casa de madeira da minha família atende a essa exigência, pois muita coisa já aconteceu ali: construída por meu bisavô, filho de imigrantes italianos, por volta de 1880, o terreno abrigou uma fábrica de móveis que funcionava com maquinário importado alemão e funcionários vindos da Alemanha e da Itália. Na fábrica trabalhavam cerca de 30 pessoas, cada qual com sua bancada de trabalho.

A fábrica estava localizada atrás da casa onde a família morava, e as duas construções ocupavam todo o espaço que hoje abrange as ruas 21 de Abril, Amintas de Barros e 7 de Abril, na região então chamada Matadouro Velho. A fábrica funcionou até por volta de 1950, mas seu espaço foi utilizado até a década de 1990. Sua última ocupante foi uma oficina de pintura e laqueamento de móveis, Pinturas Vila Rica.

A casa de madeira Dalla'Stella estava no mesmo lugar em que está hoje quando aconteceram fatos históricos como, por exemplo, a Segunda Guerra Mundial (inclusive, muitos dos empregados da fábrica voltaram a suas terras natais para defender suas pátrias). Viu Curitiba crescer. Viu-me crescer também.

Foi morada do meu pai quando ele tinha seus 10 ou 11 anos. Ele morou lá enquanto solteiro. Segundo ele, ficava boa parte do tempo brincando com os irmãos no quintal da casa, debaixo das parreiras, das árvores frutíferas, ou então na parte interna do bambuzal que havia ali. No terreno também havia muitos olhos d'água (água do lençol subterrâneo que brota do solo), de onde bebiam água fresca. Também podiam presenciar os dotes culinários da minha bisavó Philomena Luiza: ela era mestre-cervejeira, fazia compotas diversas, e goiabada e marmelada em tachos de cobre. Tudo ali acontecia sob a supervisão rigorosa do meu bisavô Antonio, segundo o qual hora de trabalho era hora de trabalho, e hora de festa era hora de festa.

Já na minha infância, era local de encontro da família do meu pai. Todo sábado, ou em datas especiais, meus pais, meu irmão e eu visitávamos minha avó, a vó Leonor, e minha tia-avó, tia Nita. Ambas moravam na casa, onde a família toda se reunia em aniversários, na Páscoa e nos fins de ano. Na hora de ir embora, já dentro do carro, passávamos por uma janela na lateral da casa e ali, a vó Leonor, a tia Nita e, a maioria das vezes, minha outra tia-avó, tia Tutu, acenavam em despedida.

Lembro-me de abaixar a janela do carro para me despedir, já esperando pelo próximo fim de semana e pela tradicional sopa de feijão da minha avó, sempre acompanhada de pães da Padaria América e do patê de atum da tia Tutu. Tudo isso, poder passar o dia com minha vó e minhas tias-avós, e ter essa mudança de ambiente, da casa de material para a de madeira, fez com que a casa ocupe um espaço especial na minha memória.

Hoje, infelizmente, a casa está sendo encurralada por prédios e, num futuro não tão distante, pode ser substituída por mais um. O espaço que abrigou a fábrica de móveis necessitaria de restauração, custo com o qual a família não tem condições de arcar. Portanto — esperemos que não — talvez seja essa a última oportunidade de registrar a existência desta casa magnífica que tem significado histórico para Curitiba e grande valor sentimental para mim.

Com base nesses significados, fiz o meu trabalho de conclusão de curso. O meu TCC deu-me a chance de sugerir a casa como local a ser desenhado pelo grupo Urban Sketchers de Curitiba, que fizeram belíssimos registros da Casa Dalla'Stella, aprovados com louvor pela tia Tutu, que cuida da casa atualmente. Mesmo com todo o zelo, nada consegue impedir indivíduos mal-intencionados que invadem o local, arrombando portas e revirando a casa inteira em busca de algo de valor, e que, nesse processo, acabam danificando objetos de valor imaterial, que foi o que restou na casa.

Com o trabalho da faculdade, também pude descobrir mais sobre a casa que admiro tanto. Com a ajuda de livros que falam sobre a arquitetura da casa de madeira, fui descobrindo aspectos arquitetônicos que se encaixavam à Casa Dalla'Stella. Cada vez que isso acontecia, eu pensava: "Que mágico!", e ficava cada vez mais empolgada a investigar a casa.

Serviu também para analisar mais a fundo fotos antigas da construção em seu aspecto original: numa das fotos, veem-se, na fachada da casa, pinturas a óleo retratando o inverno europeu, e só fui perceber isso porque um dos livros da minha pesquisa contava que isso era muito comum em casas de madeira. Recomendo a todos que conhecem uma casa antiga a fazerem essa exploração.

Apesar disso, muitas casas de madeira em Curitiba desaparecem de um dia para o outro, sem ao menos deixar lembrança de sua existência. Por isso, a casa Dalla'Stella, ao menos, está bem registrada e eternizada em desenhos, fotos e documentários.
Escrever para este livro, a convite do autor, fez-me retomar todas as lembranças da casa, desde a infância até o trabalho final da faculdade, em 2015. Foi muito gratificante. Tudo isso garante a sua permanência no imaginário das pessoas que talvez não tenham a oportunidade de conhecer a casa.

A house which, among other things, has the power of suggestion, is wanted. According to the Minas Gerais-born writer and journalist Fernando Sabino, the power of suggestion is the mysterious gift that some houses have. The gift of suggesting the lives of those who have lived there, not by the physical aspect of the house, but by the invisible marks of humanity that its former residents left behind, that the walls of the house picked up and there remained with time.

The wooden house of my family meets this requirement, since a lot has already happened there: built around the 1880s by my great-grandfather, a son of Italian immigrants, the land was home to a furniture factory that worked with machinery imported from Germany and employees coming both from Germany and Italy. About thirty people worked on that factory, each one with their own workbench.

The factory was located behind the house where the family lived, and the two buildings took all of the space that now covers the 2 de Abril, Amintas de Barros and 7 de Abril Streets, in the region then called the Matadouro Velho (Old Slaughterhouse). The facility worked until around 1950, but its space was used up until the 1990s. Its last occupant was a furniture painting and lacquering workshop called Pinturas Vila Rica (Rich Village Paintings).

The Dalla'Stella wooden house was in the same place it is today when historical events such as World War II (actually, many factory employees returned to their homelands to defend their native countries) took place. It has seen Curitiba growing. It saw me growing as well.

It was home to my dad when he was 10 or 11. He lived there while single. According to him, he would spend a great part of his time playing with his brothers in the backyard, beneath vines, fruit trees, or in the inner part of the bamboo that were there. On the terrain there were also many eyes of water (water that arises from a water table), from where they drank fresh water. They were also able to witness the culinary skills of my great-grandmother Philomena Luiza: she was a master-brewer, she would make various types of compotes, guava paste and marmalade in copper pots. Everything happened under the strict supervision of my great-grandfather Antonio, according to which work time was work time, and party time was party time.

Back in my childhood, it was already a meeting place for my father's family. Every Saturday, or on special dates, my parents, my brother and I visited my grandmother, Grandma Leonor, and my great-aunt, Aunt Nita. They both lived in the house, where the whole family would gather for birthdays, Easter and at the end of the year. When we were leaving, from inside the car, we would pass by a window on the side of the house, and there, Grandma Leonor, Aunt Nita, and most of the time, my other great-aunt, Aunt Tutu, waved goodbye.

I remember lowering the car window to bid farewell, already waiting for the next weekend and my grandmother's traditional bean soup, always accompanied by breads from Padaria América *(America's Bakery) and Aunt Tutu's tuna pate. All this, being able to spend the day with my grandmother and great-aunts, and having this change of environment, from the house of material to the wood, made the house occupy a special space in my memory.*

Today, unfortunately, the house is being trapped by buildings and, in a not so distant future, it may be replaced by another one. The space that housed the furniture factory would need restoration, a cost with which the family could not afford. So—we hope not but—this may be the last opportunity to register the existence of this magnificent house that has historical significance to Curitiba and of great sentimental value to me.

Based on these meanings, I did my final papers. My final paper has given me the chance to suggest the house as the location to be designed by the group Urban Sketchers of Curitiba, which have made beautiful records of the House Dalla'Stella, approved with praise by Aunt Tutu, who takes care of the house currently. However, even with all zeal, there is nothing to prevent malicious individuals from invading the place, breaking doors and turning the whole house upside down searching for something valuable, and that, in doing so, end up damaging objects of immaterial value, which are what remained in the house.

With the research for the paper, I was also able to find out more about the house that I admire so much. With the help of books that talk about the architecture of the wooden house, I discovered architectural aspects that fit in to the Dalla'Stella House. Each time this happened, I thought: "That's magic!", and became increasingly excited to investigate the house.

It also served to further analyze old photos of the building in its original aspect: in one of the photos, one can see, on the front of the house, oil paintings depicting the European winter. I could only perceive this because one of the books in my research told me that this was very common in wooden houses. I recommend everyone who knows an old house to do this exploration.

Despite this, many wooden houses in Curitiba disappear from one day to the next, without leaving at least a memory of its existence behind. Therefore, the Dalla'Stella house, at least, is well recorded and eternalized in drawings, photos, and documentaries.

Writing for this book, at the invitation of the author, made me retake all the memories of the house, from childhood to my college's final paper, in 2015. It was very rewarding. All this guarantees its permanence in the imagination of people who may not have the opportunity to know it.

ILUSTRAÇÃO DE RARO DE OLIVEIRA

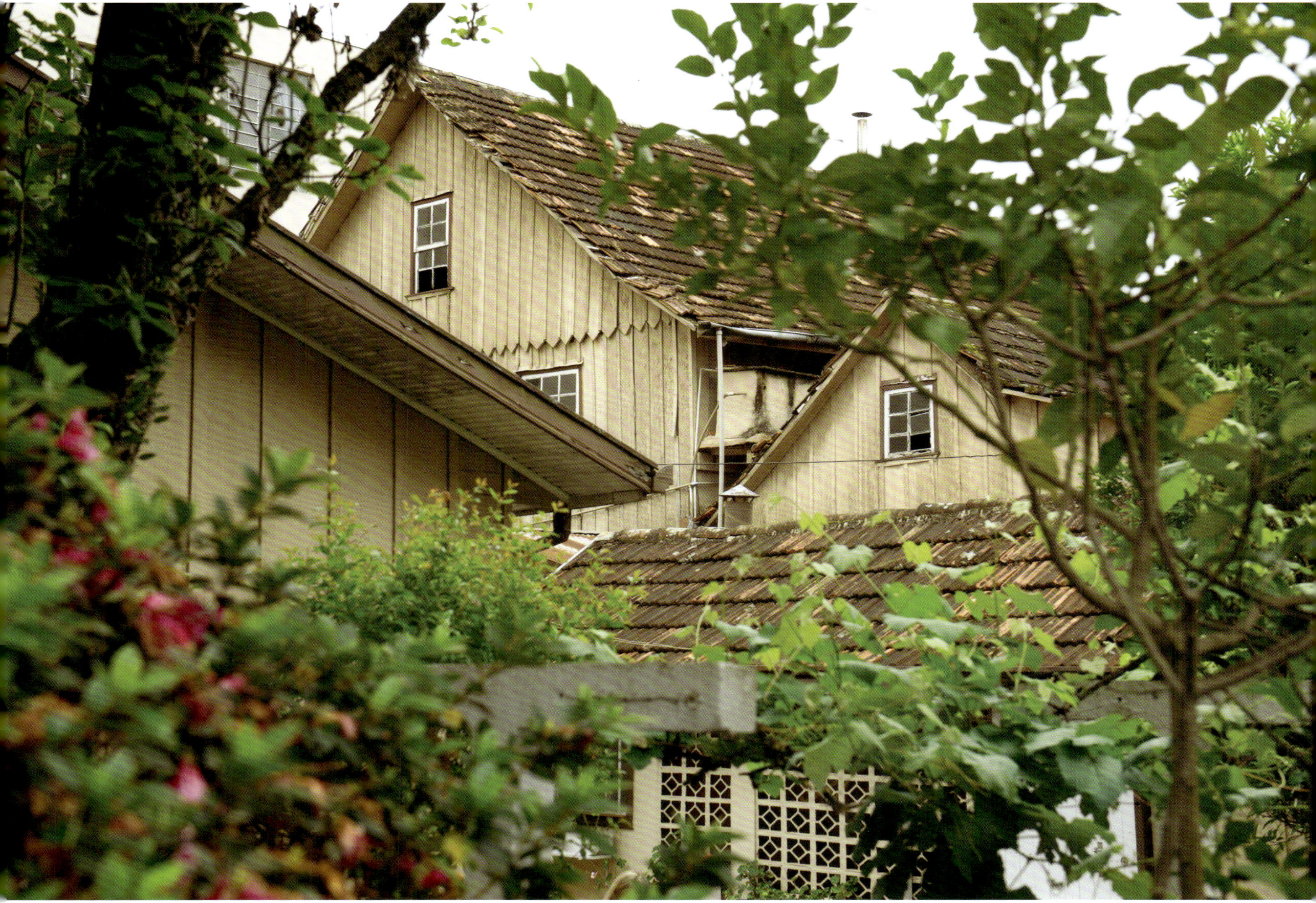

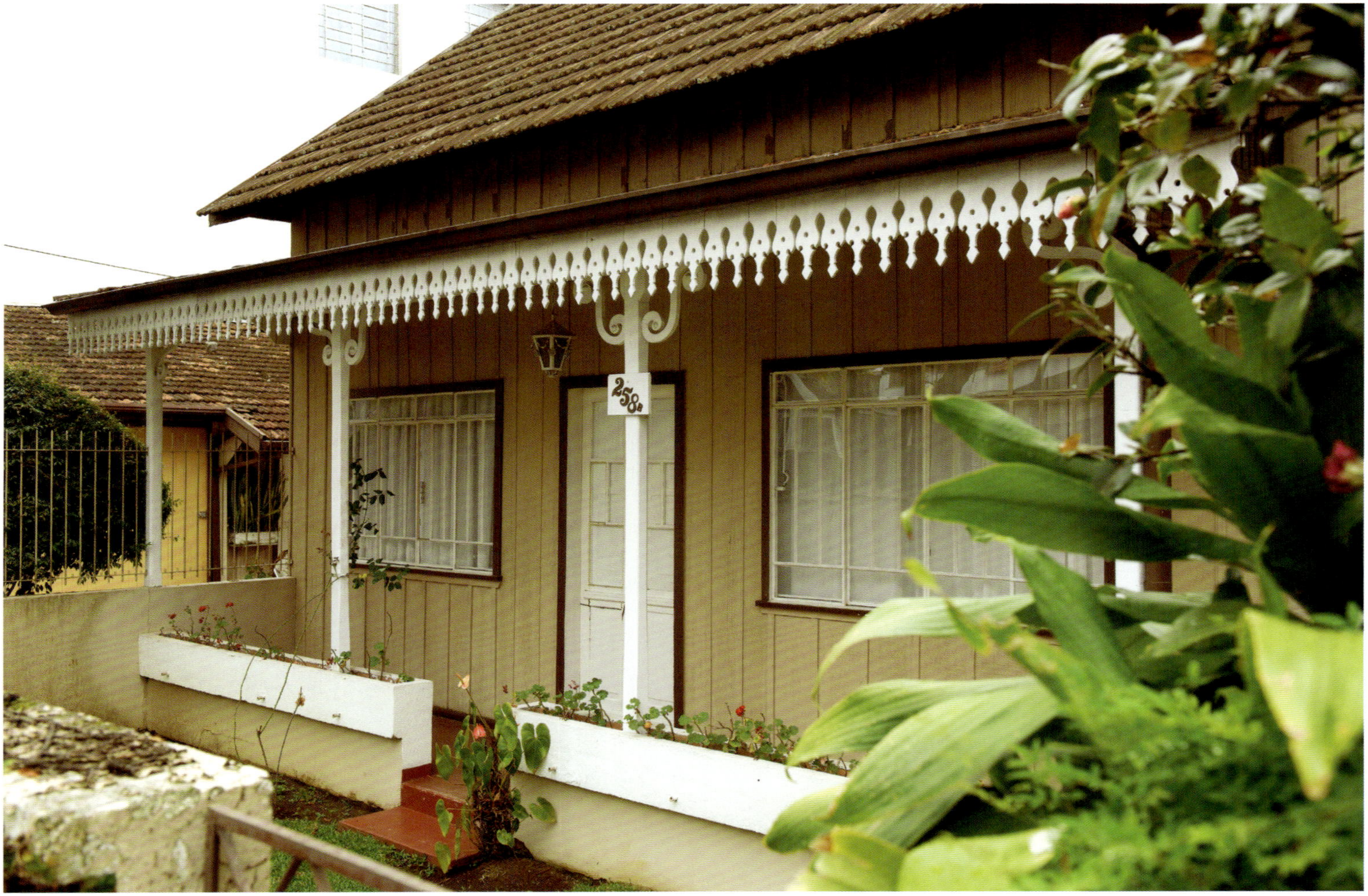
258

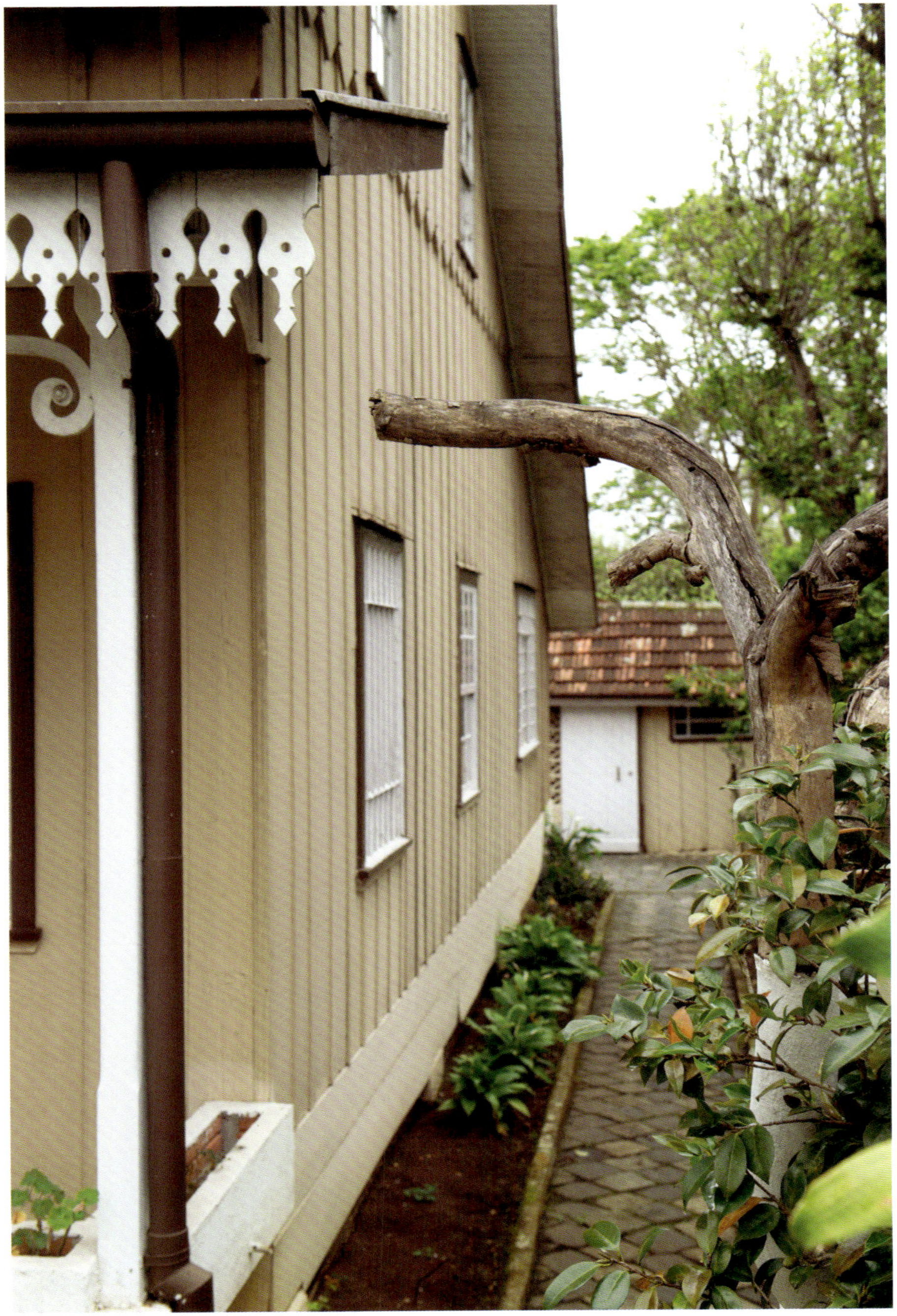

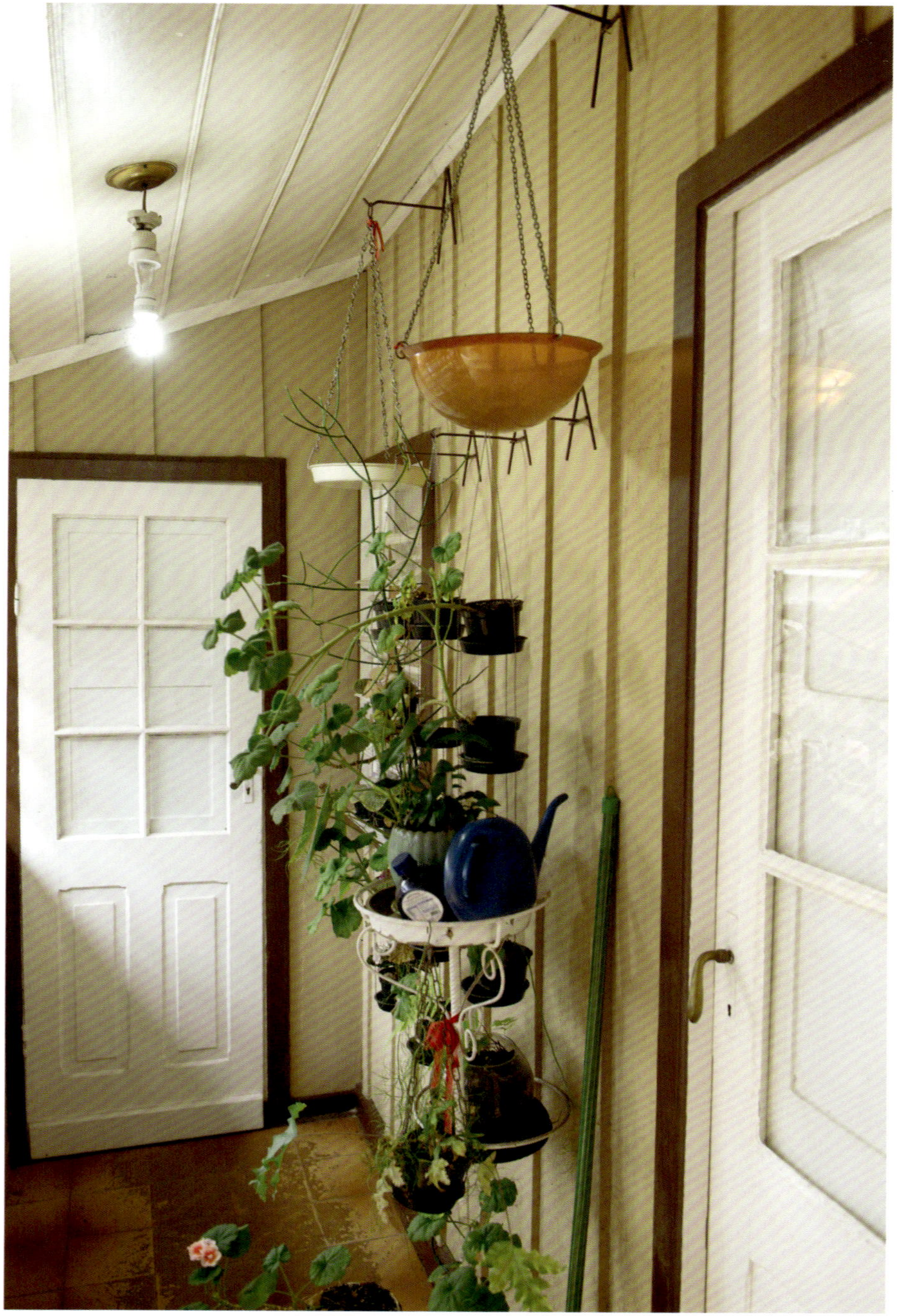

139

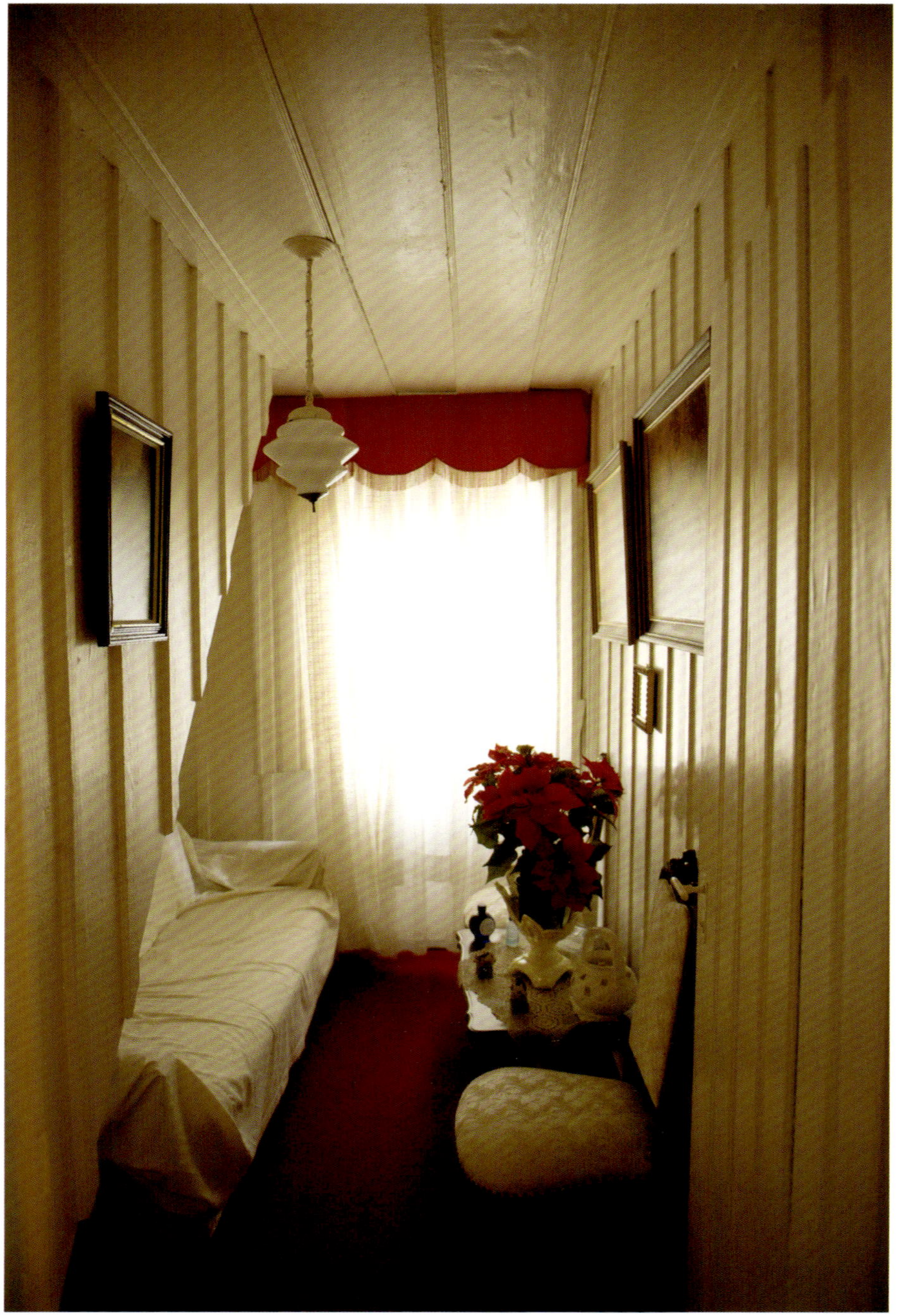

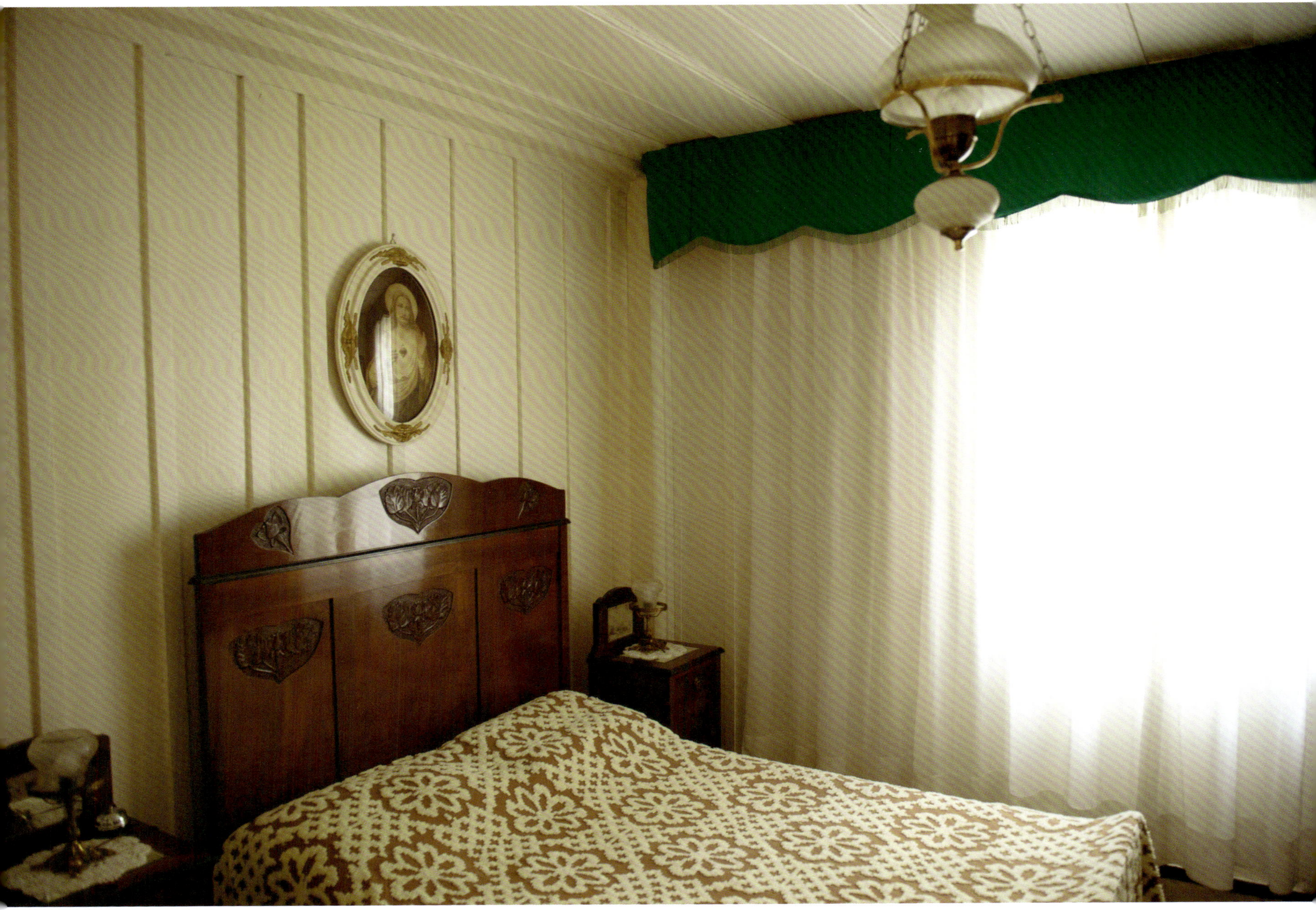

SEUS OLHOS ERAM VERDES QUAL O DOCE DE CIDRA

Her eyes were as green as citron sweet

por Leticia Teixeira

O nome Doce de Cidra foi escolhido por conta de uma música de que ela gostava, que dizia: "...uma doceira cabocla mais bonita que eu já vi. Seus olhos eram verdes qual o doce de cidra... A festa se acabou e ela foi embora, os olhos cor de cidra alguém levou. E quando vejo doce de cidra em tabuleiro, sinto tanto desespero do amargo que ficou..." (João Pacífico).

E assim eram os olhos dela, os mais lindos e doces que vi.

Anna Luiza Zanetti de Oliveira nasceu em 23 de novembro de 1918, e faleceu em 6 de março de 2010, aos 93 anos. Nasceu numa família italiana no Itaqui, vila de Campo Largo, município do Paraná. Seus pais, Ernesto Zanetti e Antônia Schiavon Zanetti, tiveram uma família grande, de 17 filhos, dos quais Anna Luiza foi a décima quarta. Eram 14 homens e 3 mulheres. Por ser uma das mais novas, foi apelidada de Nenê pelos irmãos, e assim foi, e continua sendo, lembrada por toda a família.

Na sua infância, época em que o trabalho era dividido entre homens na roça e mulheres nos afazeres domésticos diários, minha avó contava que desde muito cedo ajudava sua mãe e suas irmãs a limpar, lavar e cozinhar. Com 9 anos já mexia a panela de polenta para toda aquela turma, que voltava da roça com muita fome. Minha avó tinha braços fortes e mão pesada, e a gente sempre atribui isso às grandes panelas de polenta que sempre fez na vida.

Anos depois, a família Zanetti se mudou para Palmeira, e lá ela conheceu meu avô, Eurides Teixeira de Oliveira. Casaram-se e tiveram sete filhos. Anna Luiza, além de cuidar das crianças e da casa, trabalhava como modista, costurando para boa parte das famílias em Palmeira. Da família de meu avô, "os Teixeira", vieram as inspirações para a arte musical que acompanhou a vida de todos nós — um dos mais importantes legados nesta família de vários músicos.

Muito jovem, com apenas 44 anos, meu avô faleceu, e, três ou quatro anos depois, a minha avó mudou-se para Curitiba, onde via mais oportunidades para os filhos estudarem e fazerem sua vida. Foi aí, no ano de 1965, que esta casa foi comprada. Uma casa de estilo polonês, construída em 1887 — já uma casa velha, com 78 anos. Aos poucos, e com muita vontade, conservando e zelando pelo estilo da construção, minha avó foi arrumando a casa, trocando as tábuas, pintando, arrumando os lambrequins e o jardim.

Com a pensão deixada pelo meu avô e os trabalhos de costureira, ela conseguiu estabelecer-se na cidade. Com a ajuda de um dos seus irmãos, que era alfaiate, obteve seus primeiros trabalhos. Fazia ternos, vestidos, roupas de jóqueis e de cavalos de corrida. Uma das peças que mais fazia era calça comprida para mulheres, na época o início de uma moda muito inovadora. Com criatividade e alegria, ela viveu e criou seus filhos. Logo vieram os netos, e é a partir daí que eu entro nessa história. Eu cresci ao lado dela desde bebê. Já com cinco meses, para meus pais poderem trabalhar, era com ela que eu ficava.

As manhãs eram de fogo no fogão a lenha, rodas de chimarrão, polenta com café e o preparo do almoço, todo feito sobre o fogão. Após o almoço, naqueles momentos mágicos na sala de costura, com o barulho dos pés no pedal da antiga máquina Singer, a fantasia se transformava em realidade. Aquele vestido com que a gente sonhava, o reparo nas roupas de que a gente mais gostava. E ela também estava sempre inventando alguma coisa nova. Tive algumas roupas lindas que ela fez para mim. Ainda possuo e uso alguns vestidos costurados por ela, herdados por mim, que considero obras de arte.

Depois do tempo de costura, de volta à cozinha, voltavam a roda de chimarrão, o bolo, o pão assado no forno a lenha, o café, a polenta na chapa e a janta. Era comida o dia todo na mesa.

Ela criava brincadeiras, fazia passarinhos de massa de pão, bonecas de pano, inventava festas e tradições, sempre mantendo a família unida de uma forma amorosa e presente. A família estava sempre junta; para ela, casa vazia era sinônimo de tristeza. Não havia domingo em que não nos encontrássemos, e muitas vezes passávamos o dia todo na casa. Festas de aniversário de primos e tios, lugar dos encontros de Páscoa, dia das mães, dos pais, das crianças, e principalmente o Natal, quando a família toda se reunia para celebrar o nascimento do Menino Jesus. Alguma coisa nos prendia à casa e à sua presença — não havia lugar melhor no mundo. E assim se passaram os anos, sempre com um grande prazer de estar em família e passar os dias nesta casa.

Em 2010, ela se foi, e o vazio tomou conta dos nossos domingos e das nossas festas de família. E, após alguns anos, a ideia começou a aparecer: a necessidade de dar vida à vida que ela nos havia deixado. Em conversas com nossa mãe, recordamos de vários momentos em que minha vó expressava uma vontade de servir, para quem quisesse entrar, suas especialidades. Ela dizia: — Bem que a gente podia colocar algumas mesinhas aqui na sala e servir um café e algumas delícias, não é? — Ela era muito criativa e tinha prazer em receber, além de muita disposição para cozinhar e conversar.

Quando falávamos na transformação da casa em um café/restaurante, sabíamos que não precisávamos mudar muita coisa. Nossa vontade era apenas abrir a casa da vó ao público, decorada com os quadros que ela pintou, sua mesa de jantar à disposição de quem quiser sentar, com o piano tocado sempre, além da foto dela, que permanece lá, com sua história e tantas outras boas lembranças.

Em busca do que realmente vale a pena viver e sentir, voltei à fase mais feliz da minha vida. Revisitei momentos passados em família, em que o carinho e o amor vibravam de forma intensa e despreocupada. Assim aprendi com ela, minha avó, que segue viva e radiante dentro de mim.

Movidos por esse sentimento e por esse sentido de vida, resolvemos abrir as portas da casa dela, esse lugar onde a gente simplesmente pode ser quem é. Uma casa que, além de charmosa e aconchegante, é espaço onde se preserva o simples e o genuíno, e se valorizam a convivência, a conversa olho no olho e o bate-papo, que às vezes pode ser despretensioso, e outras vezes se aprofunda em mistérios. Palco para as celebrações da vida, da música e da arte.

Este é o espaço que acolhe as minhas memórias da infância, a brincadeira, a falta de urgência, onde as preocupações cotidianas estão autorizadas a ficar do lado de fora. São muitas as histórias, e muitos os momentos que permanecem vivos em cada um que por aqui já passou.

Nessa casa, onde os corações pulsam mais fortes, podemos continuar fazendo história.

The name 'citron sweet' was chosen on account of a song that she liked, that would say: "...a confectioner, the most beautiful cabocla I've ever seen. Her eyes were as green as citron sweet... The party was over and she was gone, someone took away the citron colored eyes . And when I see the citron sweet on a tray, I feel so much despair of the bitter taste that remained..." (João Pacífico).

And so were her eyes, the most beautiful and sweet I've seen. Anna Luiza Zanetti de Oliveira was born on 23 November 1918, and died on 6 march 2010, aged 93. She was born in an Italian family on Itaqui, village of Campo Largo, a town in Paraná. Her parents, Ernesto Zanetti and Antonia Schiavon Zanetti, had a large family of seventeen children, and Anna Luiza was the fourteenth. There were fourteen men and three women. Being one of the youngest, she was nicknamed Nenê (Baby) by her siblings, and so it was, and she kept being remembered by the whole family like this.

In her childhood, when work was divided between men on the farm and women in daily housework, my grandmother recounted that she would help her mother and sisters clean, wash, and cook from a very early age. At the age of nine, she was already stirring the pot of polenta for the whole hungry group returning from the work in the field. My grandmother had strong arms and heavy hands, and we always attribute it to the large pots of polenta she always cooked in her life.

Years later, the family Zanetti moved to Palmeira, and there my grandmother met my grandfather, Eurides Teixeira de Oliveira. They married and had seven children. Anna Luiza, in addition to taking care of the children and the household, worked as a dressmaker, sewing for a great part of the families in Palmeira. From the "Teixeiras", my grandfather's family, arouse the inspirations for the art of music that accompanied the lives of us all—one of the most important legacies in this family of several musicians.

At the age of only 44, my grandfather passed away, and three or four years later my grandmother moved to Curitiba, where she saw more opportunities for her children to study and make their living. It was there, in 1965, that this house was bought. A Polish-style house, built in 1887—78-years-old, an old house already. Little by little, and with a lot of will, keeping and watching over the building style, my grandmother straightened the house, changing the boards, painting, arranging the lambrequins and the garden.

With the pension left by my grandfather and the work of dressmaker, she managed to settle in the city. With the help of one of her brothers, who was a tailor, she obtained her very first works. She sewed suits, dresses, jockey and racing horses clothes. One of the pieces that she most sewed was long trousers for women, at the time the beginning of a very innovative trend.

With creativity and joy, she has lived and raised her children. Soon came the grandchildren, and that's when I come in. I grew up next to her since I was a baby. As early as five months, for my parents to be able to work, it was with her that I stayed.

The mornings were filled with fire in the wood stove, chimarrão circles, polenta with coffee and the preparation of lunch, all done on the wood stove. After lunch, those magical moments in the sewing room, with the noise of the feet on the pedal of the old Singer sewing machine, the fantasy would become reality. That dress we dreamt of, the repair in the clothes that we liked. And she was also always creating something new. I had some beautiful clothes that she made for me. I still own—and wear—some dresses sewn by her, inherited by me, which I consider works of art.

After the sewing time, back to the kitchen, the chimarrão circle, the cake, the bread baked in the wood oven, the coffee, the polenta on the plate and the dinner would all return. We had food, all day, on the table.

She created games, made dough birds, cloth dolls, invented parties and traditions, always keeping the family together in a loving and present way. The family was always together; for her, an empty house was synonymous with sadness. There was no Sunday that we wouldn't meet, and many times we would spend the whole day in the house. Birthday parties for cousins and uncles, the place of gathering for Easter, mother's day, father's day, children's day, and especially Christmas, when the whole family gathered to celebrate the birth of Baby Jesus. There was something about the house and its presence - there was no better place in the world. And so the years passed, always with this great pleasure of being together as a family and of spending the days in this house.

In 2010, she passed away, and emptiness took hold of our Sundays and our family celebrations. And after a few years, the idea began to appear: the need to bring back to life the life she had left us. Talking to our mother, we recalled several moments in which my grandmother expressed a willingness to serve, for those who wanted to enter, her best dishes. She used to say: "Well, we could put some tables here in the living room and serve some coffee and some treats, couldn't we?" She was very creative and had pleasure in receiving, in addition to having great disposition to cook and to talk.

When we spoke on the transformation of the house into a café/restaurant, we knew that we didn't need to change too many things. Our only wish was to open the grandmother's house to the public, decorated with the paintings she painted, her dining table at the disposal of anyone who wanted to sit by it, with the piano always being played, besides her picture—which remains there, with its history and so many good memories.

In search of what it's actually worth to live and feel, I went back to the happiest stage of my life. I revisited moments spent with family, where affection and love vibrated intensely and unconcerned. So I learned with her, my grandmother, who is still alive and radiant within me.

Moved by this feeling and by this the sense of life, we decided to open the doors of her house, this place where we can simply be who we are. A house that, in addition to being charming and cozy, is a place which preserves the simple and genuine, and which values coexistence, eye-to-eye conversation, and chat, which can sometimes be unpretentious, and can, some other times, delve deep into the mysteries. The stage for the celebration of life, music, and art.

This is the space that welcomes my memories of childhood, the playfulness, the lack of urgency, where the concerns of daily life are allowed to stay outside. There are many stories and many moments that remain alive in each person who has passed by this place.

In this house, where hearts beat stronger, we can continue making history.

ILUSTRAÇÃO DE SIMON TAYLOR

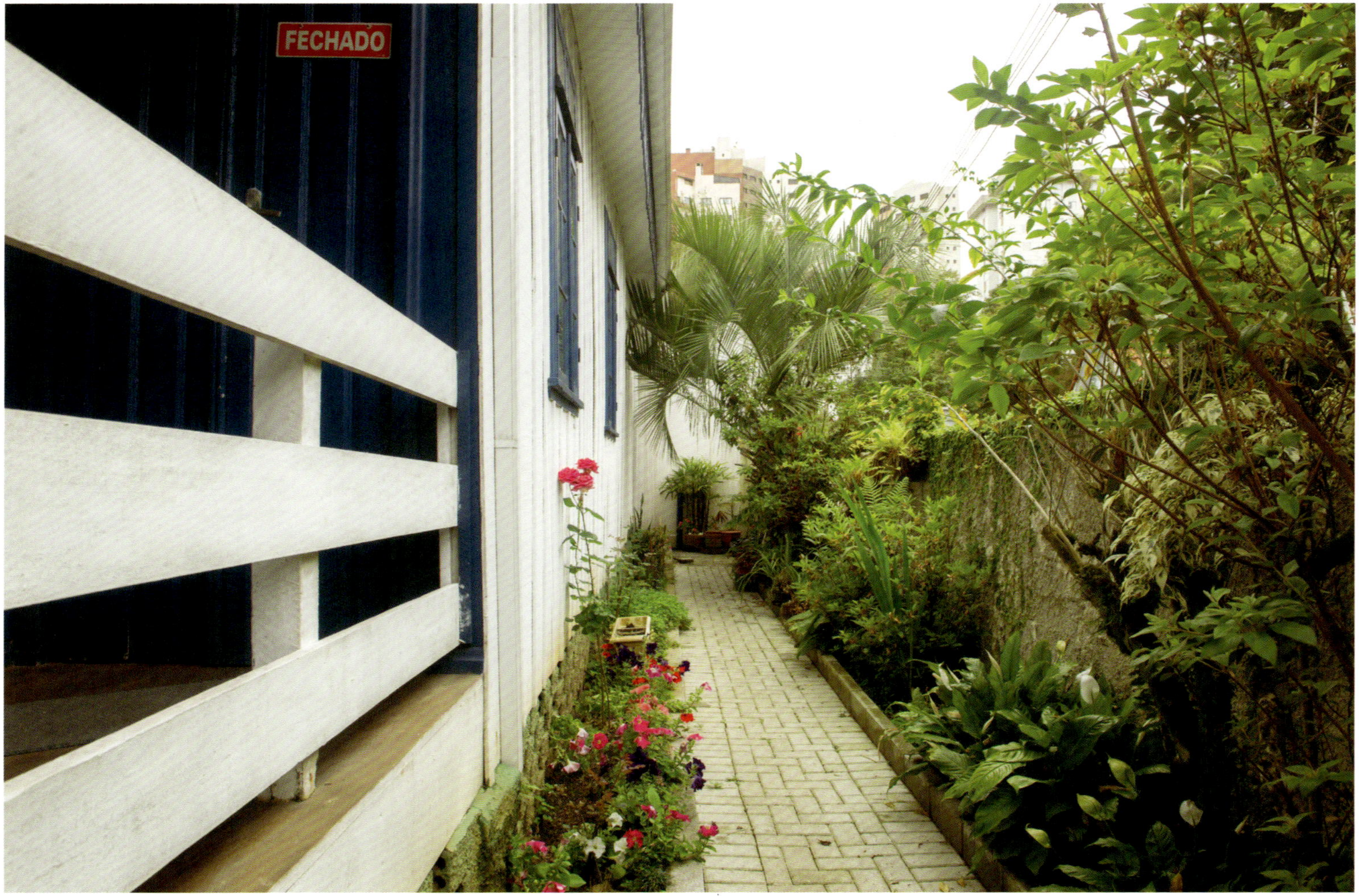
FECHADO

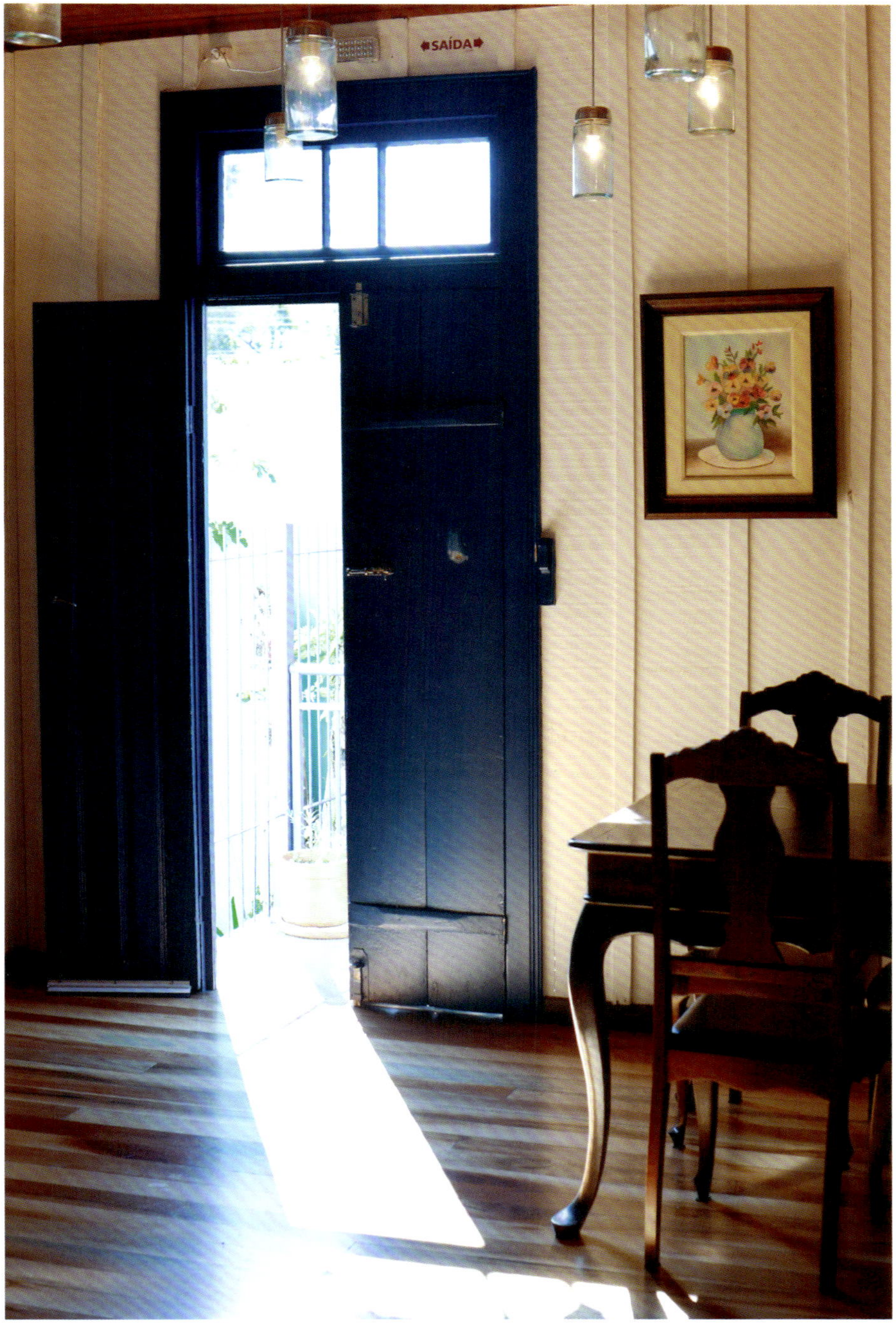
SAÍDA
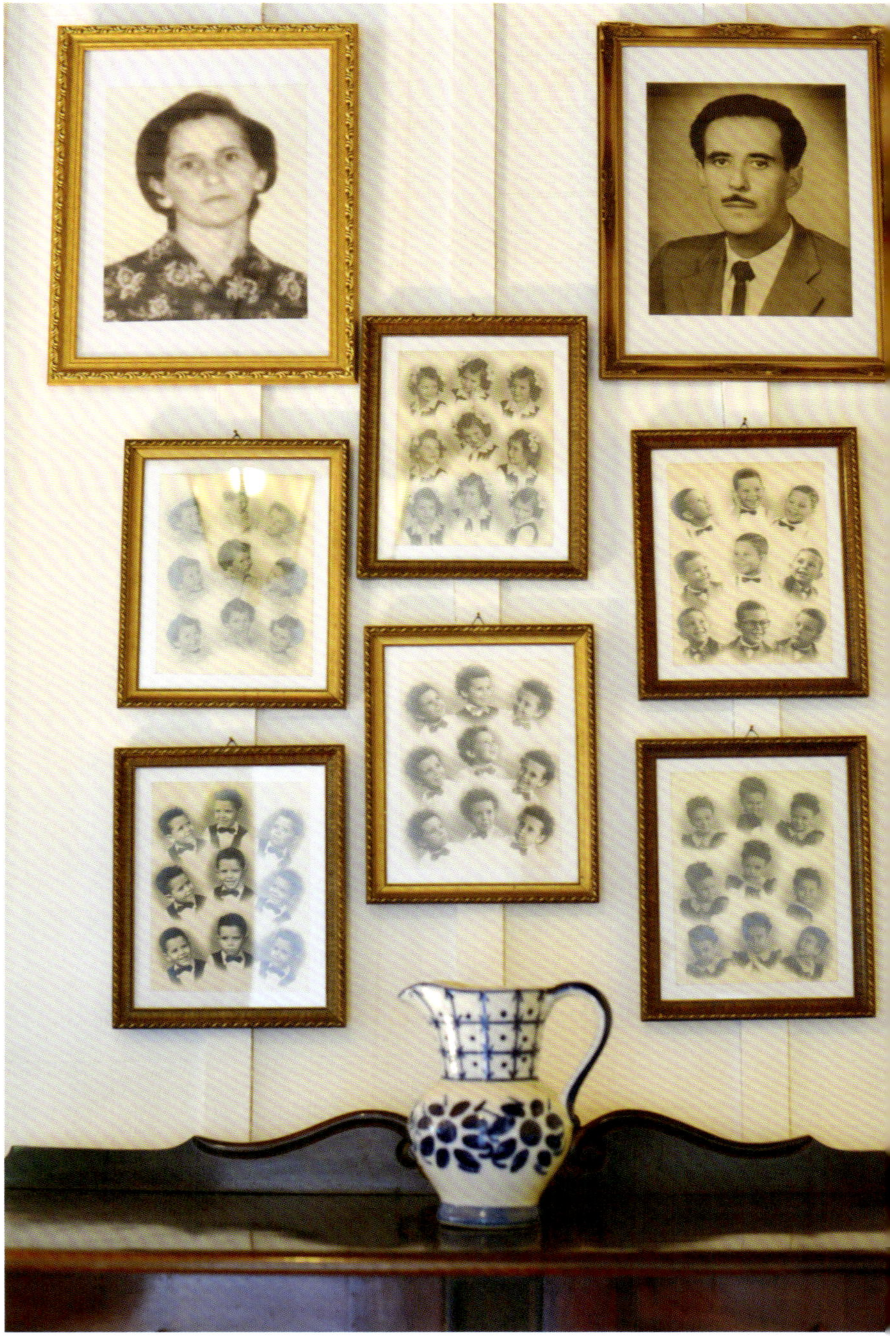

152

153

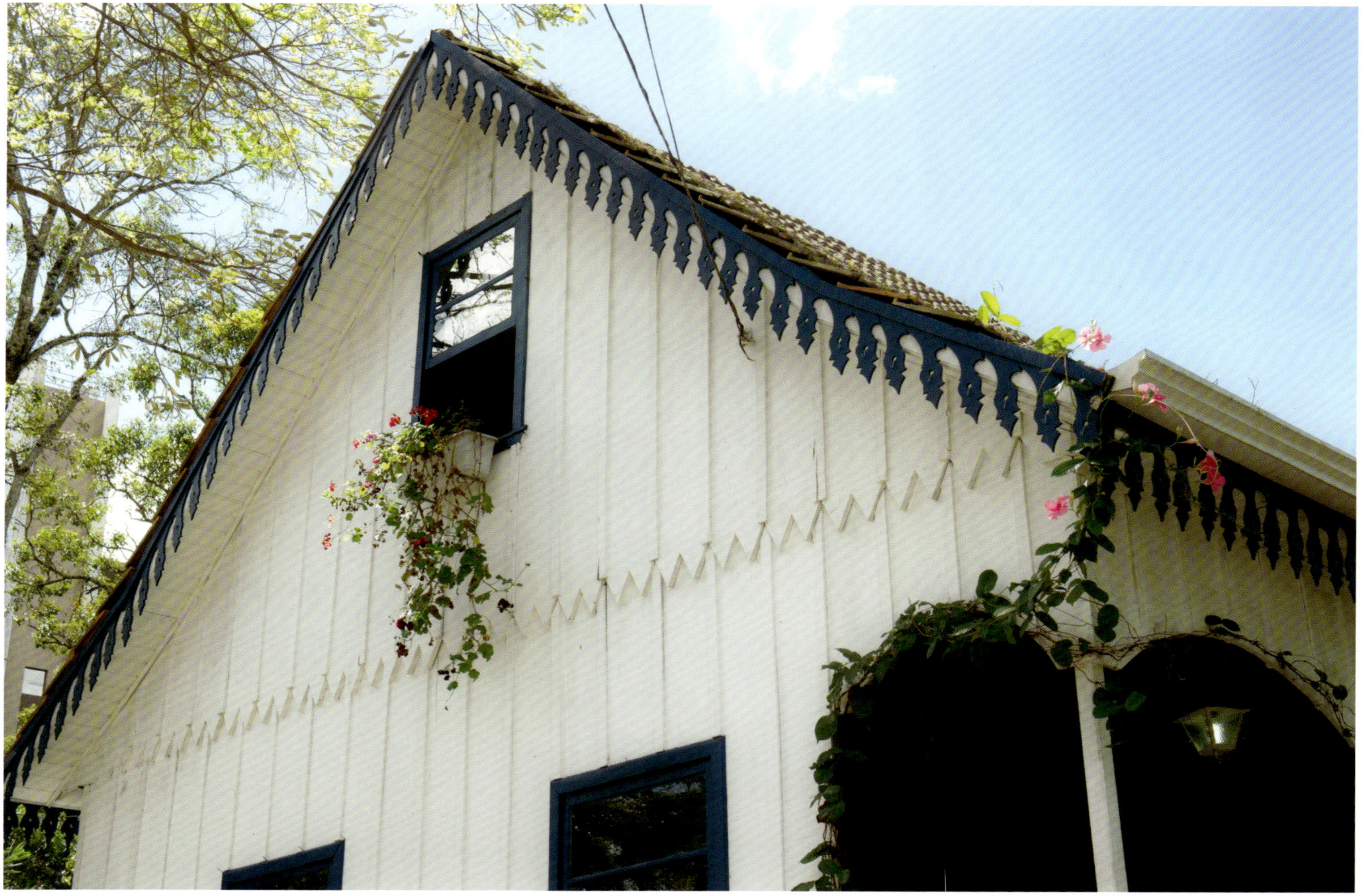

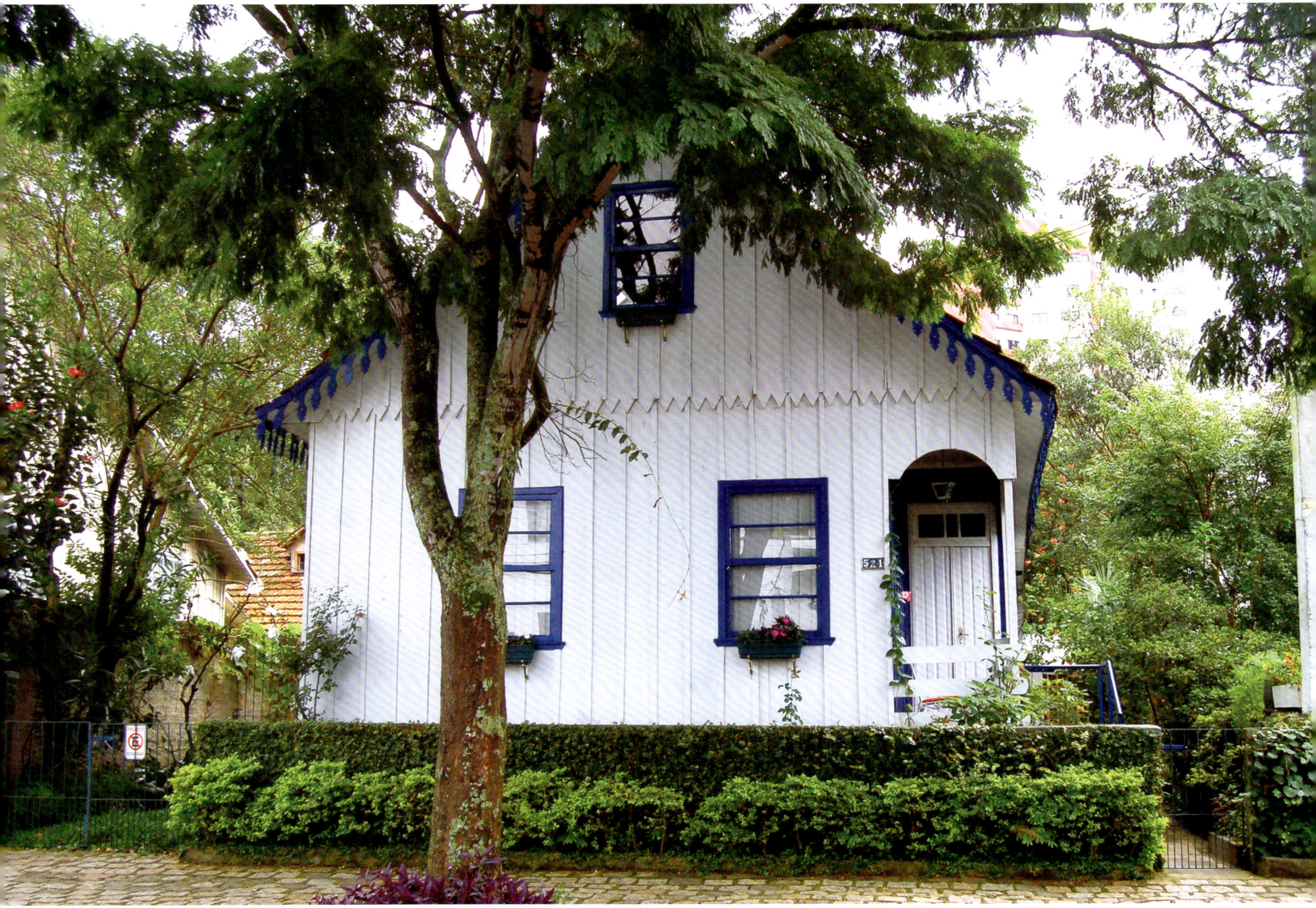
521

AGRADECIMENTOS

To my friends Fabiano, João, Popp, and Raro, for the beautiful watercolors, and especially to Simon for the beautiful watercolor and the graphic design.
To my friends Andressa, Fabio, Ingo, Key, Letícia, Lívia, Loretta, and Radamés for the fantastic texts and especially to Lu both for the text and the guidance in image editing.
To my sisters, for being never-ending supporters
To Cris and Editora InVerso for believing in and making this project reality.
To my children and grandson for their love, support and existence.
To Marcia for the love, friendship, partnership, companionship, and patience.

Aos amigos Fabiano, João, Popp e Raro, pelas lindas aquarelas, e especialmente ao Simon, pela linda aquarela e projeto gráfico.
Aos amigos Andressa, Fabio, Ingo, Key, Letícia, Lívia, Loretta e Radamés, pelos textos fantásticos, e especialmente à Lu, pelo texto e pela orientação na edição das imagens.
Às minhas irmãs, pela eterna torcida.
À Cris e à Editora InVerso, por acreditar e por tornar realidade esse projeto.
Aos meus filhos e neto, pelo amor, apoio e existência.
À Marcia, pelo amor, amizade, parceria, companhia e paciência.

SOBRE O AUTOR

Natural de Mandaguari, Norte do Paraná. Mora desde 1978 em Curitiba. Estudou na Omicron Escola de Fotografia. Mantém como projeto autoral desde 2009 o site Circulando por Curitiba, onde diariamente e ininterruptamente publica suas fotografias, tendo sempre a cidade de Curitiba como o fio condutor. Teve fotos publicadas em livros, jornais, revistas e sites. Realizou em 2015 a exposição individual Circulando pela Arq ura Modernista de Curitiba na Carmesim Espaço de Arte e Design, exposição que também passou pelas universidades Uninter , UTFPR e Shopping Jardim das Américas. Participou das exposições coletivas "Inverno e Sensações" da Fundação Cultural de Curitiba, "Horizontes" da Omicon Escola de Fotografia e Retrospectiva Urban Sketchers Curitiba no Solar do Barão. Lançou em 2016 o livro Circulando pela Arquitetura Modernista de Curitiba. Lançou em 2017 o livro Prédios de Curitiba.

Born in Mandaguari, North of Parana, Washington lives in Curitiba since 1978. He studied at Omicron Escola de Fotografia (Omicron School of Photography). He keeps the website Circulando por Curitiba as his authorial project since 2009, where he publishes his photos on an uninterrupted and daily basis, always having Curitiba as the conductive wire. He had his photos published in books, newspapers, magazines and websites. In 2015, he held the solo exhibition Circulando pela Arquitetura Modernista de Curitiba in Carmesim Espaço de Arte e Design, an exhibition that was also received by the universities Uninter, UTFPR and the Shopping Mall Jardim das Americas. He took part in the collective exhibitions "Inverno e Sensações" of the Fundação Cultural de Curitiba, "Horizontes" of Omicon Escola de Fotografia and Retrospectiva Urban Sketchers Curitiba in Solar do Barão. In 2016 he released the book Circulando pela Arquitetura Modernista de Curitiba. In 2017 he released the book Prédios de Curitiba.